禁じられた恋人

ミランダ・リー 作

山田理香 訳

ハーレクイン・ロマンス

東京・ロンドン・トロント・パリ・ニューヨーク・アムステルダム
ハンブルク・ストックホルム・ミラノ・シドニー・マドリッド・ワルシャワ
ブダペスト・リオデジャネイロ・ルクセンブルク・フリブール・ムンバイ

THE GUARDIAN'S FORBIDDEN MISTRESS

by Miranda Lee

Published by Harlequin Japan, a Division of K.K. HarperCollins Japan, 2024

ミランダ・リー

オーストラリアの田舎町に生まれ育つ。全寮制の学校を出て、クラシック音楽の勉強をしたのち、シドニーに移った。幸せな結婚をして3人の娘に恵まれ、家事をこなす合間に小説を書き始めた。テンポのよいセクシーな描写で、現実にありそうな物語を書いて人気を博した。実姉で同じロマンス作家のエマ・ダーシーの逝去から約1年後の2021年11月、この世を去った。

主要登場人物

サラ・スタインウェイ……小学校の教師。
レイ・スタインウェイ……サラの父。
デレク……サラが通うジムの経営者。
フローラ……スタインウェイ家の家政婦。
ジム……フローラの夫。スタインウェイ家の使用人。
ニック・コールマン……サラの義兄で後見人。実業家。
クロエ……ニックの愛人。

プロローグ

「コーヒーのお代わりは？」

ニックは首を横に振り、かつてのボスで長年親しくしているレイに、物問いたげな目を向けた。

ポイント・パイパーにあるレイの壮麗な屋敷のテラスで、二人は優雅なランチを楽しんでいた。ニックがシドニーに帰ってきたときの恒例行事だ。

ニックの進めるハッピーアイランド開発計画が大成功を収めそうだと聞いて、レイは胸を躍らせたようだった。近いうちに島を訪れ、ぜひ現地を見たいと言った。

しかし、ニックには子どものころから、厄介事を敏感に察知する才があった。

「何か悩み事があるようですね、レイ？」ニックは静かに尋ねた。

ニックのほうに顔を向けたレイの目には、暗い影が宿っていた。

「言ってもしかたのないことだが」レイはためらいがちに切りだした。「私はもう長くないんじゃないかと思うんだ」

ニックはぎょっとした。「医師の診察は受けたのですか？」

レイは肩をすくめた。「少し体重を落とすように言われたよ。酒も少し減らせと」

「深刻な病気ではないわけですね？」

「精密検査をしてみないことには、なんとも言えないようだ」

「気分がすぐれないとか？」

「いや。だが、人間はいつかは死ぬものだ」

「まだそんなお年ではないでしょう、レイ」

「今年で六十一だ」

なるほど、とニックは内心うなずいた。普通なら四十代、五十代に出てくるという人生の焦燥感が、レイにもとうとうやってきたということか。

「それで、遺言を書き直そうと思っている」レイが続けた。「ジェスが亡くなったときにやっておくべきだったのだが、そういう気分になれなくてね」

「僕には何も遺《のこ》さないでくださいよ」ニックは釘《くぎ》を刺した。「もう充分なことをしていただいているんですから」

事実、レイはこれまで、生きるチャンスそのものをニックに授けてきた。教育を受けさせ、仕事を与えた。さらに、ビジネスとエンターテインメントの世界で成功するためのノウハウをたたきこんでくれた。その総決算が、オーストラリアの映画史上最大の成功と言われる作品への投資だった。

『奥地の花嫁』は、制作前は誰も投資など考えない代物だったが、完成してみると、誰もが投資しておけばよかったと思う作品となった。おかげでレイは莫大《ばくだい》な利益を得た。投資総額のわずか五パーセントを拠出したにすぎないニックでさえ、二千万ドルを超える大もうけとなった。

「ロールス・ロイスなら君にも喜んでもらえると思っていたのだが」レイが言った。「いまだにいい走りをする。最近の君はスポーツカーを好んでいるようだが、ロールス・ロイスに勝る車はないと思う」

ニックはほほ笑んだ。「そうですね。では、あの車はありがたくちょうだいします」

実のところ、ニックはレイのロールス・ロイスに限りない愛着を覚えていた。若いころ、その高級車の洗車とワックスがけに数えきれないほどの時間を費やし、運転席に座るときはいつも王子になったような気がした。ただし、運転手の制服を着なければならないのが難だった。

ニックはその制服を好きになれなかった。制服を着ていると、いちだん低い人間であるかのような扱いを受けたからだ。

もちろん、レイは違う。つねに同等の人間として接してくれた。そういう人物はめったにおらず、ニックはレイを心から尊敬していた。

「実は、君を遺言の執行人に指名したい」レイは言った。「引き受けてもらえるならの話だが」

「もちろんお引き受けしますよ。喜んで」

「ありがとう。ほっとしたよ。それからもうひとつ、お願いがある。サラが二十五歳になるまで、後見人になってほしい」

一瞬、ニックは身を硬くした。しかしすぐに、これはあくまで仮の話だ、と思い直した。サラが二十五歳になるまであと数年だ。レイが七十歳を迎える前に死ぬなど、まず考えられない。

とはいえ、ありえないことではなかった。万一、レイの身に不幸があった場合、すこぶる厄介なことになる。

あの年のクリスマスにレイのひとり娘が帰省したとき以来、ニックは彼女を避けていた。その前年に帰ってきた内気でやせっぽちの女の子はみごとに変身していた。みにくいあひるの子が白鳥に変わったのだ。

いったいいつの間に、あんなにふくよかな体つきになったんだ？　長く美しい金髪にも、セクシーな歩き方にも、ニックは目をみはった。

さらに、瞳さえまったく違って見えた。

ニックはそれまで、サラの瞳がとりたてて美しいと思ったことはなかった。暗い緑色の、猫のような瞳は、眉の手入れをしていなかったせいか、どこか疲れているように見えた。しかし、眉をきれいに整え、ふさわしい化粧をすると、はっとするような美しさを見せた。

その瞳を見て欲望を覚えたときには、さすがのニックも後ろめたくなった。しかも、その日の午後、やどり木の下でサラに無邪気なキスをされ、いっそう心をかき乱された。変身を遂げたのは外見だけで、彼女の内面はまだまだかわいらしい女の子だった。

一方、ニックの反応は無邪気なものとは言えなかった。彼女の唇を奪いたいという衝動を抑えるのに、いかに苦労したか。ほかにも不埒《ふらち》な考えが頭にあふれた。もしそのことを知ったら、サラがあこがれの目でニックを見ることはなくなっただろう。

自分がどんな人間かよくわかっているニックは、以後サラと顔を合わせないようにした。レイの家を訪れるのも、彼女が寄宿学校にいるときに限った。しかしクリスマスだけは、自分の家と思える唯一の場所に帰らずにはいられなかった。

ただし、やどり木の下での一件があって以来、必ず恋人を連れて帰るようにした。そんなニックの気持ちにはおかまいなく、サラは会うたびにますます魅力的な女性になっていった。

テラスの階段を下りた先にあるプールを眺めているうち、ニックの脳裏にある光景がよみがえった。昨年のクリスマス、エメラルドグリーンの小さなビキニをつけたサラがプールに現れたときの光景が。

彼もプールに入っていたが、たちまち全身の血がたぎり、史上最高の暑いクリスマスになった気がした。同伴したジャスミンは、髪が濡《ぬ》れるのをいやがり、プールに入っていなかった。

プールサイドに立つなり、サラはなんの気兼ねもなしに飛びこみ、彼のすぐそばに浮かびあがった。そしてあの美しい緑色の目をきらきらさせ、長い金髪をかきあげて、にっこり笑った。

〝競争しない?〟サラは言った。

かつてニックが運転手で、サラがまだ幼かったころ、何度もしたことだった。

だが、彼女はもう子どもではない。ニックも運転手ではなく、どんな女性でも手に入れることができた。サラを除いては。

大人の女性の顔と体を持ちながらも、大人になりきっていないサラ。そんな彼女が欲しくてたまらなかった。

苦しい言いわけをしてニックがプールから上がると、サラは傷ついたような目をした。タオルをつかんでそそくさと逃げだす背中に、彼女の視線が突き刺さるのを、ニックはきのうのことのように覚えていた。

あれ以来、サラには会っていない。

だが、レイが亡くなって彼女の後見人となれば、何度も会うことになるだろう。

「気が進まないようだな」レイが口を開いた。「いや、大変なことを頼んでいるのはもとより承知しているが――」

「いえ、そんなことはありません」ニックは慌てて口を挟んだ。「あなたのためならどんなことでもしますよ、レイ。ただ、本当に僕が適任なのかどうかと思いまして」

「なぜだ？　君が父親という役割になじみがないからか？」

「それもありますが、ほかにもいろいろと……」ただでさえ、あなたの娘に手を出さないでいるのは苦痛きわまりないというのに。ニックはそう言いたかった。だが、できるわけがない。

レイに嫌悪と軽蔑《けいべつ》のまなざしを注がれたら、耐えられないだろう。師と仰ぐ彼が寄せてくれる信頼は、ニックにとって何よりも大切なものだった。

苦し紛れにニックは提案した。「フローラとジムのほうが適任ではありませんか？」

家政婦のフローラとその夫のジムは、レイの屋敷で古くから働いており、子どもはいないが信頼のおける夫婦だった。サラの後見人としては、かつて不良少年だった自分より彼らのほうがふさわしいというのが、ニックの考えだった。

「いや」レイは言った。「彼らは家族ではない」

「僕だって同じですよ」

「君は息子のようなものだ、ニック。もっとも、君が困る理由もわかってはいる」

ニックははじかれたように頭を上げた。「そうなんですか？」

「ああ」レイはうなずいた。「サラが昔から君に熱を上げていることは、誰の目にも明らかだ。しかし寄宿学校を出て世間の荒波にもまれれば、気持ちも変わるだろう。あの器量があれば、言い寄る若者も多いと思う。いや、若い男だけとは限らん。のぼせあがっただけではない大人の男も近づいてくる。そういうときにこそ、君の人生経験が役に立つ」

「何をおっしゃりたいのか、よくわかりません」ニックはそう言いながら、思いがけず胸にわきあがった嫉妬《しっと》を抑えようとした。サラが恋人を連れているところなど想像したこともなかった。しかもその恋人が、年配の男だったりしたら……。

そんな想像に、ニックは胸を締めつけられた。

「君は世間の闇《やみ》も知っているはずだ、ニック」レイが応じた。「じかに見てきたのだからね」

そして自らも闇の世界を利用したことがあります、とニックは心ひそかにつけ加えた。

「将来サラのものになるはずの金を手に入れるためなら手段をいとわない男が世の中には無数に存在する」

ニックはうなずいた。

「女性が若くして莫大な財産を相続すると、往々にして不幸を招く」レイは続けた。「私が死んで、あの若さで急に大金持ちになると知れ渡ったら、サラの身に何が起こるか……」ニ

「レイ、それは杞憂《きゆう》というものです。あなたは百歳まで生きるかもしれない」

　レイは肩をすくめた。「確かにその可能性もある。だが万一のときのために、サラが二十五歳になるまでは財産を相続できないようにするつもりだ。それまでは教育費しか受け取れないようにしておく。サラが就職したら、教育費もストップする」

　ニックは眉をひそめた。「それは少し厳しすぎるんじゃありませんか」

「子どもに大金を持たせると、ろくなことにならない。金が木になるものではないことを、サラにもわからせなくてはな」

「この屋敷はどうなさるんです？」

「サラのものになるまでは、君に住んでほしい。もちろん家賃はなしだ。サラが望むなら、あの子にも住まわせてやってくれ」

「そんな遺言には、サラも異議を申し立てるのではないですか？」

「悪い男に入れ知恵でもされない限り、娘はそんなことはしないよ。世間のろくでなしどもから、あの子を守ってやってほしいんだ、ニック」

「なんとも大変な任務ですね」

「君には全幅の信頼を置いている。思いやりも知性もある。そのうえ、辛酸をなめた経験を持つ。君ならサラを守れるだろう」

　ニックは臆《おく》した。「自分のそういう面を長所だと思ったことはありませんが」

「普通はそうだろう。だが、私の娘はあまりに世間知らずだ。言い寄る男に疑いの目を向け、身元調査をするくらいの後見人が必要だ」

　ニックは苦笑せずにはいられなかった。「毒をもって毒を制す、というわけですか」

　レイはいささか驚いた顔をした。「君はまさか、いまだに自分のことを悪く思っているんじゃないだろうね？」

ニックは肩をすくめた。「悪の巣窟《そうくつ》から子どもを引き離すことはできても、内面に巣くったものまでは取り除けませんよ」

「君はもう子どもではない。立派な大人の男だ。私が君をどれだけ誇らしく思っているか、言葉では言い尽くせないほどだよ」

ニックは胸を締めつけられた。「瀕死《ひんし》の床についているような物言いはやめてください。少なくともあと二十年は生きてもらわなければ」

「願わくはそうあってほしいものだ。だが、もしものときは……かわいい娘が二十五歳になるまで、あの子を守ると約束してくれ。ニック、頼む」

この状況下では、ニックは立場上、レイの目を正面から見すえて約束するしかなかった。

しかし心の奥では、この約束を果たすときが訪れなければいいと切に願い始めていた。

ニックがハッピーアイランドに戻ってわずか三週間後、フローラから電話があった。家政婦は泣きじゃくりながら、レイが前夜に息を引き取ったことを伝えた。

「すぐに帰ってきていただけますか、ニック？」フローラは哀れな声で尋ねた。「あなたに遺言の執行人をお願いしたことは、レイから聞きました。サラの後見人にもなったとか？」

ニックは目を閉じ、のみこまれそうなほどに荒れ狂う感情と闘った。

ショック、悲しみ、やりきれなさ。

人生とは、これほどまでに残酷で思いどおりにならないものなのか……。

だが、そんなことは前からわかっていたことだ。

「どうかサラについていてあげてください」フローラが続けた。「あの子には、ほかに誰もいないんです」

それは事実だった。サラは、レイとジェスが年をとってから生まれたひとり娘で、祖父母もみな他界している。レイにきょうだいはなく、ジェスのただひとりの兄は金の無心にしかやってこないやくざ者で、妹の葬儀にすら姿を見せなかった。

「かわいそうに、サラはすっかり元気をなくして」フローラはしゃくりあげた。

不意にニックは思った。サラへの欲望は封じこめなければ、と。レイの期待を裏切ってはならない。いや、それを言うなら、サラの期待か。弱みにつけこむような後見人など、彼女は願い下げだろう。レイも、僕に娘を誘惑してほしいなどとは思っていなかったはずだ。

「すぐにジェット機をチャーターする」ニックはきびきびと言った。「サラはまだ学校かな？」

「ええ」

「サラは僕が着いてから戻ってもらったほうがいいな。それからフローラ、葬儀の手配はすべて僕がするから、心配しないでくれ」

「あなたがいてくれてよかったわ、ニック」家政婦はほっとしたように言った。

自分がこの世にいてよかったのかどうか、ニックには疑問だった。だからといって、悪の世界に戻るわけにもいかない。

サラを守るためには、悪魔のささやきに耳を貸してはいられない。今この瞬間から、サラはニックにとって手の届かない女性になったのだ。

世間のろくでなしどもから娘を守ってくれ。レイはそう言った。

ニック自身も、そのろくでなしのひとりであることは、間違いないのだから。

1

七年後。

混雑したバーのカウンターからテーブルへ戻ってくるデレクの姿を、サラは浮かない顔で見ていた。彼の両の手には、シャンパンの入ったグラスがひとつずつ握られている。

デレクがカウンターで飲み物を待っている間、サラは不安に思い始めていた。クリスマスだから飲みに行こうと誘われてついてきたけれど、本当にこれでよかったのかしら？

しかし、デレクに言い寄られたことなど一度もなかったのを思い出し、サラは少し落ち着きを取り戻した。デレクは彼女が通うジムのスタッフで、半年前からサラのパーソナルトレーナーを務めていた。

デレクはサラを見つめてグラスを渡し、隣に腰を下ろした。サラは彼の目の輝きが気になった。

「こんなによくしてもらって、申しわけないわ」

サラが慎重に言葉を選びながら言うと、デレクはにっこりとほほ笑んだ。サラは気が重くなった。

「気にしないでくれ」デレクが応じる。「それに、君をくどくつもりもないからね」

「そんなこと、思っていなかったわ」サラはごまかしながらも、ほっとしてシャンパンを口に含んだ。

「いいや、思っていたはずだ」

「そんな……」

言葉に窮したサラを見て、デレクは声をあげて笑った。「これは、単なるお祝いさ。君はあんなに頑張ったんだからね。ただし、クリスマス休暇の間は気をつけてほしい。一月の末に、半年前と同じ姿で君が現れたら、僕は泣くに泣けないよ」

サラは以前の自分の姿を思い出し、顔をしかめた。

「大丈夫。もう絶対にあんなふうにはならないわ」

「何事にも絶対はないよ」

サラはかぶりを振ってグラスを置いた。「この半年、あなたの指導を受けながら、よくよく考えてみたの。その結果、やけ食いに走った原因にやっと思い当たったわ」

「なるほど。それで、彼の名前は？」デレクがきいた。

サラは眉を寄せた。「誰のこと？」

「やけ食いの原因」

サラは笑みを浮かべた。「あなたって鋭いのね」

「当たり前さ」デレクは肩をすくめた。「ゲイは、心の問題に関しては理解が深いし、敏感なんだ」

サラはシャンパンを噴きだしそうになった。

「気づかなかったのかい？」

サラはまじまじとデレクを見つめた。「ええ、まったく！」

「わざわざ、ひけらかすようなまねはしたくないからね。ゲイ同士だと、わかってしまう場合もあるけれど」

「そうなの？」告白を聞いた今も、サラはデレクがゲイだとは信じられなかった。同性愛者だと感じさせるしぐさやそぶりはいっさい見当たらない。実際、ジムに通っている女性たちはみな、デレクのことをすてきな男性だと思っている。

豊かな金髪と青い瞳、そしてすばらしい肉体と日焼けした肌。もっとも、サラ自身は金髪の男性に惹《ひ》かれたためしはなかった。

「これで、僕に君をくどく気はないとわかってくれたと思う」デレクは続けた。「そこでさっきの質問に答えてくれるかな？　それとも恋の話は胸にしまっておくかい？」

サラは思わず笑った。「恋の話なんかないわ」

「ただのひとつも？」デレクは食い下がった。

「ええ、少なくともここ一年は」

かつてはサラにも恋人と呼べる男性が何人かいた。大学時代と、卒業してからと。しかし、家に連れていってニックに会わせると、決まってうまくいかなくなった。

ニックと並ぶと、恋人たちが急に色あせて見えるからだ。そしてほかの誰よりもニックを求めていることを思い知らされた。そのうえニックときたら、サラの連れてきた男性のねらいが彼女自身なのか、それとも彼女がいずれ相続する財産なのかを見定めようと、相手が気を悪くすることばかり口にした。

それでもサラは、個人的な感情でニックが恋路の邪魔をしているとは、つゆほども思わなかった。ニックはサラが誰とつき合っているのかを気にしているわけではない。彼はサラの後見人となって以来、彼女の父親への義理を果たすためだけに気の向かない役目を引き受けていると言い続けてきた。

確かにニックは後見人としてサラのために法的手続などの面倒を見てくれているが、それ以外の世話は、できる限りほかの誰かに押しつけようとした。

高校を卒業して初めてのクリスマス、ニックはサラを、彼女の友人の家族旅行についていかせた。児童教育を専攻した大学時代は学生寮に住まわせた。卒業後、シドニー西部の郊外の小学校に職を得たときには、毎日ポイント・パイパーから車で通勤するのは大変だろうと、学校の近くに小さなアパートメントを借りるよう勧めた。

確かに彼の言うとおりなので、サラは素直に従った。けれども内心では、ニックが自分の好きなときに好きなことができるよう、彼女を遠ざけているのだとわかっていた。ひとつ屋根の下に住み、しかもひと部屋へだてただけのところにサラがいては、何かと気づまりなのだろう。

　ニックが交際相手を取っ替え引っ替えしていることは町でも有名だった。サラが帰省するたび、ニックの傍らには違う女性がいた。相手が変わるごとに女性はより美しく、より細身になっていった。

　そうした美女たちと一緒にいるニックを見るのが、サラは何よりもつらかった。

　昨年、サラは帰省をなるべく控え、復活祭《イースター》とクリスマス、それにニックがスキーで留守にしていた冬休みの三回だけにした。今年はイースター以後は一度も帰っていないが、ニックは文句を言うでもなく、彼女の適当な口実をあっさりと受け入れた。明日のクリスマス・イブに帰れば、ニックに会うのはほぼ九カ月ぶりになる。

　もちろん、ニックが私を見るのも……。

　そう思うと、サラの心は千々に乱れた。

　なんてばかなの、サラ。何も変わらないわ。変わるはずないじゃない。しっかりと現実に向き合い、奇跡を願うのはやめなくては。

「彼の名はニック・コールマン」サラは事務的な口調で言った。「私が十六歳のときからの後見人で、八歳のときからあこがれ続けている人なの」サラは〝恋〟という言葉は使わなかった。ニックのような男性に恋することは可能だろうか？　彼は経済的には大成功を収めたが、薄情なプレイボーイだ。幼い少女のころにニックが見せてくれた優しさも、今となっては気のせいだったのではないかと思える。

「八歳のときからだって？」デレクがきいた。

「そうよ。彼は私の八歳の誕生日に、父の運転手として雇われたの」

「運転手！」デレクは驚きの声をあげた。

「話せば長くなるわ。でも、私がやけ食いをするようになったのは、ニックのせいじゃないの」サラは正直に打ち明けた。「彼の恋人のせいよ」去年のクリスマスにニックにしなだれかかっていた、すらりとした極上の美人を見たら、女性なら誰しも自信を失うだろう。

落ちこんだサラは、クリスマス・ランチを二度もお代わりした。おなかいっぱい食べると、いっとき気分が明るくなる。それが病みつきになった。

イースターで帰省したときには、サラは十キロも太っていた。ニックは目を丸くしたものの、何も言わなかった。たぶん、あきれていたのだろう。ところが新しい恋人は黙っておらず、オーストラリアでは肥満が増えているのね、といやみを言った。その最高に美しい恋人は女優で、やはりほっそりしていた。その影響で、サラの体重は五月の末にはさらに五キロ増えた。

クラスの集合写真を見てショックを受けたサラは、デレクに助けを求めた。

そして今、サラは贅肉《ぜいにく》ひとつない砂時計のような体を手に入れ、自信を取り戻していた。

「彼の恋人といっても、二人だけれど」サラは言い、後見人との関係と、ジムに通うことになった経緯について、詳しく話した。

「びっくりだな」

サラが話し終えると、デレクは言った。

「びっくりって、何が？　私がこんなおでぶちゃんになったこと？」

「君はもう太ってなんかいない。僕が驚いたのは、君に遺産があるってことさ。金持ちの女にありがちな高慢さが君には全然ないからね」

「それは私がまだお金持ちじゃないからだわ。父は遺言で、私が大人といえる年齢――二十五歳に達するまでは一セントも相続させないと決めたのよ。学生の間は生活費が出ていたけれど、働くようになったら自分で生計を立てなければならなかった。最初は少し理不尽な気もしたわ。だけど、今は父の考えが理解できるわ。降ってわいたようなお金は身につかず、決してためにならないもの」

「それは受け取る側によるさ。今までの話からすると、そのニックという男は、君の家にただで住んでいるわけかい？」

「まあ、そうね……父が遺言でそう認めたから」

「君が二十五歳になるまでは？」

「ええ」サラはうなずいた。

「それは、具体的にいつの話？」

「ええと……来年の二月二日よ」

「じゃあ、そのとき君は、その居候に向かって、二度と顔も見たくないと言って追いだすわけだ」

サラは目をぱちくりさせて笑った。「それは誤解よ、デレク。ニックは居候しなければならないわけじゃないの。彼自身、かなりの資産家で、買おうと思えば、自分で大邸宅も買えるわ」実際、屋敷を買い取ろうと提案したこともある。しかし、サラは断った。

女性がひとりで住むには大きすぎる家だとサラもわかっていたが、両親とのきずなを感じられる唯一のものを手放したくなかった。

「そのニックとやらは、どうしてそんなに金を持っているんだい？」デレクが尋ねた。「君のお父さんの運転手にすぎなかったのに」

「最初は、という意味よ。父はニックをかわいがり、株式市場や実業界でもうける方法を伝授したの。父みたいな人に教わることができたニックは運がよかったのね」

『奥地の花嫁』のことも話そうとしたが、ニックの成功が運に恵まれただけのように受け取られてしまう気がして、思いとどまった。

「ハッピーアイランドに行ったことはある？」

「いいや。耳にしたことはあるが」

「ニックはハッピーアイランドの歌がつくられるこ

とになったとき、お金を工面して島を買ったの。そして、放置されたリゾート地の改造計画に着手して空港もつくり、国際企業に高値で売ったのよ」

「幸運な男だな」

「幸運というのは努力のあとからついてくるものだと、父はいつも言っていたわ。それに、人の下で働いていても金持ちにはなれないともね」だからニックは、二年ほど前に自ら映画の制作会社を興した。相応の成功は収めているが、『奥地の花嫁』にはまだ及ばない。

「お父さんの言うとおりだと思う」デレクは同意した。「僕も上司がいたころは最悪だった。それで自分でジムを開いたんだ」

「あなたがあのジムのオーナーなの？」サラは驚いて尋ねた。

デレクは唖然《あぜん》とした。「知らなかったのかい？」

「ええ」

彼は口もとをほころばせて白い歯を見せた。「まったく、万事に疎いお嬢さんだな」

「ごめんなさい。私ってそういうところがあるの。まわりが見えないというか」サラは苦笑した。「友だちもなかなかできないし。ひとりっ子のせいかしら」

「僕もひとりっ子だよ」デレクは言い、顔をしかめた。「だから、僕がゲイだと知って、両親は嘆き悲しんだ。孫の顔が見られないからね。二年ほど前に母から結婚しろとうるさく言われ、しかたなく告白したんだ。それ以来、父は口もきいてくれない」

「つらいわね」サラは同情をこめて言った。「お母様は？」

「電話はよこすが、家には帰らせてくれない。たとえクリスマスでも」

「そんな……。でも、いずれわかってくれるわ」

「そうかもしれない。だが、期待はしていないよ。

父は気位が高く、頑固だからね。さて、君のことに話を戻そう。君は、そのニックが好きでたまらないんだね？」

サラは胸を締めつけられた。「たまらないっていう表現はぴったりだわ。ニックのそばにいると、いても立ってもいられない気持ちになるの。だけど、彼は私と同じ気持ちじゃないし、これからも変わらないわ。そろそろ、現実を受け入れなくては」

「その前にもう一度だけ頑張ってみるべきだ」

思いがけない言葉に、サラは面食らった。「なんですって？」

「君が苦労してスリムになったのは、やせぎすのモデルにばかにされたからじゃない。ニックに見直してほしかったからだと思う」デレクが指摘した。

サラはそれを認めたくなかった。しかし、デレクの言うとおりだった。一度でいいからニックに熱いまなざしで見つめられたい、と願っていた。

もっとも、たった一度きりだが、十六歳のときにサラはそれらしき経験をしていた。

あのクリスマスの日、ニックの目には欲望が浮かんでいたように思う。彼を思いながら買い求めた小さなビキニをつけて、プールに出ていったときだ。

でも、気のせいだったのかもしれない。ほんの少しでもニックに好かれたいという切実な気持ちが見せた幻……。十代の女の子というのは、すぐに夢を見てしまう。悲しいかな、私の場合は二十四歳になった今も変わっていない。だから、サラは今週ずっと、お年寄りでさえ興奮しそうな夏服ばかり買っていた。

問題は、ニックが年寄りではないということだ。まだ三十六歳の男盛りで、全身に熱い血潮をたぎらせている。女優の恋人はお払い箱になり、代わって高級スーツをぱりっと着こなす広告代理店の女性管理職とつき合っていることを、サラはとっくに知っていた。

サラは長いこと帰省していないが、毎週のように電話でフローラと話をしていた。彼女はいつもニックの最新ニュースを教えてくれたあと、彼に受話器を渡す。ただし、彼が家にいる場合の話だが。ニックは多くの友人を持ち、家にいないことが多かった。もっとも、ニック自身は〝友人〟ではなく〝知り合い〟と言っていた。

「クリスマスは家に帰るんだろう？」

デレクにきかれ、サラははっと我に返った。「ええ」ため息をついて続ける。「いつもは休みに入るとすぐに帰るの。今年はそうしなかったけれど、明日には帰らなければ。クリスマス・ツリーは必ず私が飾っているから。ほかに誰もする人がいないの。それにフローラのお料理の手伝いもあるし。クリスマス・ランチはケータリング業者に頼むのだけれど、温かい料理だけは自分でつくるというのがフローラの主義なの」フローラという名にデレクがけげんな顔をしたので、サラは言い添えた。「フローラというのは、ずっと我が家で働いてくれている家政婦なの」

「正直言って、君のニックがフローラという名前の恋人を連れているところは想像できなくてね」

「そのとおりよ。ニックの恋人って、ジャスミンとかサファイヤとかクロエとか、そういう名前ばかりなの」そう、最近の相手の名前はクロエだったわ、とサラは胸の内でつぶやいた。「それだけじゃないわ」怒ったように続ける。「みんな、手伝いもしないの。いつも食事の間際になってから、食べる気もないのに下りてくるのよ。爪を完璧《かんぺき》に整えた指でグラスをつかんで、ミネラルウォーターしか飲まずに座っていられたら、むっとするわ」

「なるほど」

意味ありげなデレクの相づちに、サラはしかめっ面をした。「私がやけを起こして、またおでぶちゃんに戻ると思っているんでしょう」

「大いにありえるな。だが、僕が考えていたのは、クリスマス・ランチについていく人間が必要じゃないかということなんだ。つまり、君の恋人が」

「恋人なら、何度も連れていったわ」サラは苦々しげに言った。「でもすぐに、ニックにやりこめられたり、財産ねらいだと疑われたりして、うまくいかなくなるの」

「そのとおりだったかもしれないよ。まあ、たぶん彼らはまだ若くて、雰囲気に圧倒されたんだろうな。君に必要なのは、もっと年を重ね、ハンサムでスタイルもよく、プレイボーイの後見人殿の言動にも動じない、人生の成功者たる男さ。つまり、君の思い人をうならせ、君に目を向けさせる存在だ」

「アイデアはいいと思うわ、デレク。だけど、私の外見がましになったと言っても、あなたの言うような人を見つけるなんて不可能よ。クリスマスはあさってなんだもの」

「それなら、僕に任せてくれ。クリスマスになんの予定もなく、喜んで君に手を貸す男を知っている」

「本当？　誰なの？」

「目の前にいるよ」

サラは目をしばたたき、それから声をあげて笑った。「冗談でしょう。あなたが恋人になるっていうの？　だって、あなたはゲイでしょう？」

「僕が話すまで、君はわからなかったじゃないか。君のニックだって、わからないさ。しかも、僕は恋人として紹介されるんだから、言われたままを信じるに決まっているさ」

サラはデレクをまじまじと見つめた。そのとおりだ。ニックも、ランチに出席するほかの人も、デレクがゲイだと見抜けるはずがない。外見も振る舞いも、デレクはまったくゲイらしくないのだから。

「さあ、どうする？」デレクは目をきらりと光らせた。「女性がほかの男のものになっているのを見せつけられることほど、男心を刺激するものはない」

　それでもサラは迷っていた。

「何を恐れているのかな？」デレクは強い調子できいた。「うまくいくこと？」

「まさか！」

「じゃあ、失うものは何もないはずだ」

　そう、何もない。突然、サラの全身を熱いものが駆け巡った。少なくとも、デレクを連れていけば、いつものクリスマスのような孤独を感じなくてすむ。

　今年のクリスマス・ランチには、今まででいちばんきれいな自分として出るだけでなく、隣にはとびきりハンサムな男性がいるのだ。

「そうね」わくわくするような興奮にサラの背筋が震えた。「一緒に来てもらおうかしら」

2

　翌朝、白い愛車を屋敷の私道に止めたとき、クリスマスに向けてのサラの明るい気持ちはまたたく間に消え去った。ニックの真っ赤なスポーツカーがガレージの前に止まっていたのだ。

「まさかニックがいるなんて」サラはつぶやきながら、電動式の門扉をリモコンで開けた。

　ニックはゴルフに出かけているものとサラは思っていた。毎週土曜日、雨が降ろうが槍《やり》が降ろうが、彼はゴルフに行く。たとえクリスマスでも。

　もしニックが家にいるとわかっていたら、セクシーな新しいサンドレスを着てきたのに。サラはほぞを噛《か》んだ。ほっそりとした肩と腕を存分に見せられる、白と黒のホルターネックのドレスとか。

あいにく今のサラは、色あせたジーンズに黄色いボーダーのタンクトップという格好だった。クリスマス・ツリーの飾りつけをするにはぴったりの服装だが、男性を引きつける魅力には欠ける。

しかし、運がよければニックに会わずに自分の部屋へ行き、着替えることができるかもしれない。何しろ、この屋敷は広大なのだから。

一九二〇年代に裕福な鉱山主によって建てられた〝金脈館《ゴールドマイン》〟は、改築と修復を繰り返してきた。元は石づくりだった壁は白色セメントになり、アーチ型の窓と数多くのバルコニーが地中海風の雰囲気をかもしだしている。

斜面に立っているので道路側から見ると二階建てに見えるが、裏手にまわると、下にもう一階あることがわかる。シドニー港に臨む立地を生かして、ガラスをふんだんに取り入れたつくりとなっていた。

実際、港に面していない部屋のほうが少なく、たいていの部屋からハーバーブリッジやオペラハウスを見渡せる。上の階では、ほとんどの部屋に海を望む専用のバルコニーがあり、主寝室のバルコニーともなると、テーブルのセッティングができるほど広かった。

とはいえ、眺望が最もすばらしいのは裏のテラスで、クリスマス・ランチはいつもそこで開かれた。架台式の長いテーブルを出し、巨大なキャンバス地の日よけを張る。サラの記憶ではたった一度、気温が四十度近くになったときに、室内のファミリールームで催されたことがあった。毎年クリスマスに押し寄せる大勢の客に対応できる部屋はそこしかないからだ。

この伝統行事は、サラの両親が三十年近く前にこの屋敷を買ってまもなく始まった。母の死後も行事は続き、ニックもまた、それを引き継いできた。

もっとも、ニックが引き継いでからは、親族や旧友の集まりというよりはビジネスランチのような趣に変わってしまった。客のほとんどはニックの関係者で、莫大《ばくだい》な利益が転がりこむのを期待している人たちだ。

ニックも彼らと同じ人種であることは、サラも承知していた。ニックも彼らと同じくらい、いえ、彼ら以上にお金が好きなのだ。

そう考えて、昨夜デレクに言われたことをサラは思い出した。ニックが後見人の立場を利用し、家賃も払わず屋敷に住んでいることを。あのときはサラもニックをかばったが、ゴールドマインに住むことが世間的に大きな利点であることは否めなかった。広さゆえというより、立地がすばらしいからだ。ビジネスのうえでニックが多大な恩恵にあずかっているのは間違いない。だからこそ、彼は屋敷を買い取りたいと言ったのだ。

門が開き、サラは車を進めてニックの車の隣に止めた。ニックがゴルフに出かけていないことが改めて不思議に思われ、彼女は眉をひそめた。

サラはニックのために用意したクリスマス・プレゼントを思わずにはいられなかった。ミニチュアのゴルフクラブのセットで、ヘッド部分は銀製、柄の部分は黒檀《こくたん》でできていて、赤いバッグは革製だ。通信販売で買ったものだが、ふだんニックに贈るものよりは高価で、数百ドルもした。

届いた品をひと目見た瞬間、ニックが気に入るだろうとサラは確信した。

でも、こんな高価なものを贈るなんて、変だと思われるかしら？

どうか彼が気に留めませんように。サラは祈った。

ところが、自分の〝新しい恋人〟に何もプレゼントを用意していないのはもっと変かもしれないと思い、サラは顔をしかめた。デレクとは明日来てもらう時間や服装については打ち合わせをしたものの、プレゼントのことは考えていなかった。

　サラはため息をついた。今回の芝居への自信が揺らぎ始めていた。

　でも、それがなんだというの？　ニックが急に振り向いてくれ、私を求めてくれるなどという奇跡が、今さら起こるわけもない。彼のためにおしゃれをしたこともあったけれど、なんの成果もなかった。

　結局、私はニックの好みではないのだ。ふっくらとした体を骨と皮になるまで削ったとしても、ニックがいつも選んでいる女性たちとは張り合えない。彼女たちはこのうえなく細身というだけでなく、最高にあか抜けている。

　一介の教師にすぎない私など、たとえ遺産があろうとも、ニックには不釣り合いだ。それに、父親とのことがあるために、ニックにとって私は恋愛の対象になりにくいに違いない。独力で成功を勝ち取ったわけではないことを思い出したくないだろうし、成功する前の彼を知る私を遠ざけたいという思いもあるはずだ。

　ニックは恋人に過去の話はしないようだ。

　いちばん新しいクロエという恋人にも、前科があることを告げていないのは間違いない。後見人となった少女の父親に、とてもよくしてもらったことも。最近のニックは、サラの父親のことを長くつき合いのあった友人だと言い、だから娘の後見人になったと周囲に説明しているらしい。

　こうしてニックの態度を分析していると、サラは複雑な気持ちになった。確かに失望を覚える。しかしほっとする部分もあった。このクリスマスにニックを自分のほうに振り向かせたいと思っても、それはかなわぬ夢なのだと、あきらめがつくからだ。

　もちろん、それを認めるのはつらかった。長年の夢をあきらめるのは誰にとってもつらい。だが、ひとたび現実を受け入れると、緊張がほどけてくるのも確かだ。どんな装いをしていようと、もう関係ない。肩の力を抜いてニックと自然に接することができるのだ。

昨夜、フローラに電話をして、クリスマス・ランチに客をひとり招待したと告げていなければ、デレクにもう来なくてもいいと連絡してもよかった。しかし、サラはデレクのことを新しい恋人だと言ってしまった。電話をしたときニックは留守だったが、フローラはけさの朝食でニックにその話をしたに違いない。フローラは愛すべき女性だが、おしゃべりだ。今さら、計画を取りやめることはできなかった。

明日になれば、これでよかったと思うわ。サラは自分にそう言い聞かせて車を降り、トランクを開けようと後ろへまわった。ニックの新しい恋人は、フローラの観察眼が正しいとすると、また相当なものらしい。どんな女性かと尋ねると、上昇志向がすこぶる強いという答えが返ってきた。

〝相変わらずの美人でしたよ〟フローラは言った。〝でも、前の人よりは頭がいいみたい。それでも長続きはしないでしょうが。半年もたてば、ニックは新しい女性に目がいくんですから。まったく、彼が誰かと添い遂げようと思う日がくるのかしら〟

サラはかばんを二つ持ちあげながら、顔をしかめた。

そう、ニックは結婚向きの人じゃない。それはこれからも変わらないだろう。恋愛向きとも言えない。彼は欲望の赴くままに女性とたわむれているだけだ。飽きがきたら、もうその女性とは終わりだ。

サラが十二歳のころ、一緒にテレビで恋愛映画を見ていたとき、ニックはぞっとしたような顔をして言った。

〝僕がこの登場人物のように恋に落ちることは絶対にない。人を恋する気持ちなんて、僕にはさっぱりわからない〟

ニックが女性を愛せないのは、愛に恵まれない幼少期を送ったからではないかとサラは考えていた。母が亡くなる少し前、サラは両親がニックについて話しているのを偶然聞いてしまった。ニックは酒飲みの父親に虐待され、わずか十三歳のときに家を飛びだし、シドニーで路上生活を送り始めたという。その後、生きていくために、かなり危ない橋を渡っていたらしい。

それがどういうことなのか正確にはわからないが、なんとなく想像できた。

そして十八歳になった直後、ニックは車を盗んでとうとう逮捕され、懲役二年の実刑を受けた。

この事件を契機に、ニックは初めて人の優しさに触れることになった。恵まれない人たちのために長年にわたって尽力してきた人物がニックの頭のよさを認め、救いの手を差し伸べたのだ。

その人物こそ、ほかならぬサラの父、レイ・スタインウェイだった。

レイが資金を提供した収容施設で特別教育を受けたニックは、高等教育修了の資格を記録的な速さで取得し、今日のいしずえを築いた。

「サラ！」

男性にいきなり呼びかけられ、サラは飛びあがらんばかりに驚いた。しかし、相手の顔を見るなり、笑みを浮かべた。「まあ、ジム。元気そうね」

フローラの夫は六十歳を過ぎているはずなのに、鋼のような体をしている。健康そのもので、足どりも軽い。

「ずいぶん荷物が多いね、ダーリン」ジムは車の後ろにいるサラのところまで来て、大きな二つの旅行かばんを見下ろした。「ここに帰ってくるつもりなのかい？」

「いいえ、それはまだ先よ、ジム。ツリー向きの木は探してくれたかしら？」

「ああ、立派なやつをね。ファミリールームのいつもの場所に据えてある。飾りの箱も置いてあるよ。家の裏にはイルミネーションもつけたし」

「すばらしいわ。ありがとう、ジム」

ジムはうなずいた。彼は妻と違い、寡黙だった。体を動かしているときがいちばん幸せだとジムは言い、ゴールドマインの広大な敷地を整然と保つことに精を出している。しかし、サラの父が十年前に東京を訪れたあと、西洋流の伝統的な花壇や芝生のある庭を日本庭園につくり替えたため、それほど大変な仕事ではない。庭園は、池を中心にして風変わりな木々や植物、それに大きな岩が配置されている。その間を縫うように、小石を敷きつめた小道がいくつも通っていた。

初め、ジムは草花のない庭が気に入らなかったらしいが、やがて日本庭園独特の美や静謐《せいひつ》さがわかってきたようで、今ではその手入れに力を注いでいた。

ジムが断りもせずにサラの荷物を持って玄関ポーチに向かったので、ガレージを抜けてこっそり家に入るというサラの計画は狂った。

実のところ、サラはまだ、もっとおしゃれをしてニックと再会したいと思っていた。彼の驚く顔を見ることができたら、やせた甲斐《かい》もあるというものだ。

サラはため息をつき、助手席からバッグを取ってドアをロックすると、急いでジムを追いかけた。彼はすでに旅行かばんを玄関わきに置き、ドアベルを鳴らしていた。

「鍵《かぎ》なら持っているわ」

サラがバッグを探りだしたとき、かちりという音がしてドアが開いた。

姿を現したのはフローラではなく、ニックだった。

サラはこのときほど、サングラスをかけていてよかったと思ったことはなかった。ニックの反応のせいではなく、彼女自身がニックに反応してしまったからだ。

サラは自分がどう見えるかだけに気をとられ、ニックがどれほど魅力的に見えるかを考えていなかった。特に、今日のように彼が最低限の衣類しか身につけていない場合は。サーフパンツとノースリーブの白いサーフトップに、きれいに日焼けした肌がまばゆいばかりに映えていた。

ありがたくもサングラスに隠されている目でニックの全身をむさぼるように眺めてから、サラは唇に視線を留めた。

もしニックの黒い目がこんなにも鋭くなく、ほかの部分もこれほど男らしくなかったら、口もとだけ見たらかわいい男の子だと思うだろう。ニックの唇はふっくらと官能的で、歯は真っ白だ。刑務所を出てすぐ、サラの父がニックを一流の歯科医のもとに連れていったのだ。

あえて難癖をつけるなら、髪だ。少し短すぎる。もっとも、丸刈りに近い髪型は迫力があり、ビジネスの世界では効果を発揮するのかもしれない。

「やあ、どこのどなたかな？」ニックの視線がいったん彼女のスニーカーまで下がり、また上がっていった。

感心したような表情も、驚いた様子さえもない。少しくらいは褒めてもらえると思っていたサラは、彼のそっけなさに腹が立った。この人を振り向かせるには、いったい何をすればいいの？

「ご苦労だったね、ジム」ニックは言い、サラのかばんを取ろうと身をかがめた。「僕が持っていく」

「そうね、ご苦労様、ジム」同じ言葉をなんとか絞りだし、サラは唇を噛みしめた。

ジムがうなずいてその場を離れたときには、ニックはすでにサラのかばんを持って家の中へ入ろうとしていた。

サラは彼をひっぱたいてやりたかったが、歯を食いしばってこらえた。

不意に、サラは二十五歳になるのが待ちきれなくなった。早くニックを自分の人生から追いだしてしまいたい。彼はなかなか抜けない刺《とげ》のように、サラを苦しめる。彼女は何よりも自分の子どもが欲しかったが、ニックに振りまわされ続けたら、いつまでたっても望みはかなわないだろう。デート相手をいつも彼と比べていたら、幸せになれるはずがない。ニックと会わなくなれば、忘れられるかもしれない。

玄関のドアを閉めたサラは、ニックがかばんを持って二階へ上がっていくのを見て、ため息を押し殺して言った。「自分で持っていけるわ」少しニックから離れてひとりになり、落ち着きを取り戻したい。

今までなんとなく、この片思いが発展することはないだろうとわかってはいたが、現実を突きつけられると胸が引き裂かれそうだった。

私がやせたことにもまったく気づかないなんて！　あんなに苦労したのに、すべて無駄だったとは！

「いや、僕が運ぶよ」ニックは肩越しに振り返って言い、足を止めることなく上がっていった。

サラは唇を強く噛み、彼のあとを追った。「今日は土曜日なのに、なぜゴルフへ行かなかったの？」

ニックが振り向いた。「君と話したかったんだ。二人きりで」

「なんの話を？」

ニックは答えず、先に進んだ。

「なんの話なの、ニック？」返事がないことにいらだち、サラは足を速めながらなおも問いかけた。

ニックは踊り場に達したところでようやく足を止め、かばんを下ろして振り向いた。サラが追いつく。

「ひとつはフローラのことだ」

「何かあったの？　まさか具合が悪いんじゃ――」

「いや、違う。だが、以前はできていたことができなくなっているし、疲れやすいようだ。力作業はここ一年、週に二度ハウスクリーニングの業者に来てもらい、任せている」

「知らなかったわ」

「ときどき帰ってきていたら、気づいたはずだ」ニックは冷ややかに指摘した。

もっともな言い分で、サラは後ろめたさを感じた。この一年は自分のことばかりにかまけていた。でも、私なりに目標に向けて頑張っていたのだ。なんの成果もなかったけれど。

「あの……とても忙しかったから」サラは弁解がましく言った。

「新しい恋人ができたせいか？」

いやみったらしいニックの口調に、サラは気色ばんだ。「私だって異性とおつき合いをする権利はあるわ」サングラスを外し、ニックをにらむ。「あなたと同じく」

「確かに。しかし、僕はそれにかかりきりというわけじゃない」

サラの交際の話になると、ニックはいつも非難がましくなるので、彼女もつい反抗的になった。

「デレクと私は深いきずなで結ばれているの。あなたには理解できないでしょうけれど。本当に人を好きになったら、たとえ一分でも離れるのはつらいものよ」

「となると、君が今日ここへ帰ってきたのは驚きだな」ニックは鋭い口調で応戦した。「それとも、君の恋人はあとでやってくるのかな？」

サラは頬を赤らめた。「デレクは今日は仕事よ」

「何をしている？」

「ジムの経営者よ」

「なるほど。それでわかったよ」

「何が？」

「君が変わったことさ」

ニックは気づいていたんだわ。サラは内心ほっとした。「何か悪いことをしたような言い方ね」

「前のままでよかったのに」

サラは開いた口がふさがらなかった。「冗談はやめて！　あんなに太っていたのに」

「何をばかなこと言っているんだ」

サラは目をぐるりとまわした。この人は目が悪いか、無関心なあまり、私をろくに見ていなかったか、そのどちらかに違いない。「どうやら気づいていなかったようね」

ニックはぞんざいに肩をすくめた。「そうかもしれない。とにかく、僕が口出しするような問題ではないようだな」

「ようやくわかってくれたみたいで、助かるわ」

「どういう意味かな？」

「あなたに口出しされたことは数えきれないという意味よ。交友関係にしたって、恋人を連れてくるたびに、私はおろか、恋人のことまでばかにして」

「僕は君のお父さんに頼まれたことをしていただけだよ、サラ。金目当てのろくでなしから、君を守っていたんだ」

「みんな、金目当てのろくでなしなんかじゃなかったわ！」

「いや、それは違う」

「今後は私が自分で判断します。これまでどうもありがとう」

「二十五歳の誕生日まではだめだ。ここまできて、君を金目当てのジゴロのえさにさせるわけにはいかない。そんなことになったら夜も眠れなくなる」

「あら、あなたが私のことで眠れなくなるなんて、想像もつかないわ」

「それはとんだ思い違いだよ、スウィートハート」

言葉とは裏腹に、ニックの口調は厳しかった。

サラは怒りに燃えたニックの目を見て、息をのんだ。この長い歳月、彼が後見人の仕事をどれほどいやがっていたかを思い知らされた気がした。来年、彼女が二十五歳になって役目を終えたら、さぞかしせいせいするのだろう。

「私はさほどあなたに迷惑をかけてはいないと思うけれど？」サラは意気消沈し、言い返す声にも力がなかった。

　ニックが振り向いてくれることはないという現実は受け入れていたとはいえ、嫌われているわけではないと思っていた。それは、サラが恩人の娘であるからという理由だけでなく、ニックが彼女自身の人柄を認めてくれていると思っていたからだ。子どものころはよく、君はいい子だよと言われていた。根性があり、気だてもいいと。一緒にいて楽しいとも言ってくれ、空いた時間はいつもそばにいてくれた。

　もちろん、ずっと昔のこと、ニックが成功する前の話だ。仕事がうまくいき始めると、ニックはサラをかまわなくなった。そしてレイが亡くなってからは最悪の事態になった。もはやサラはニックにとって、後見人としての責任だけがのしかかる厄介な存在と化したのだ。

「もうすぐ君がどれくらいの金を手にするか、彼は知っているのか？」ニックはしつこく尋ねた。

　また同じことの繰り返しだわ。サラは怒り、唇を引き結んだ。

　とはいえ、うそをついても意味がない。クリスマス当日にデレクが厳しく問いつめられるよりは、今正直に答えておいたほうがいい。

「知っているわ」サラは語気鋭く言った。「詳しいことまでは知らないけれど」

「明日ここに来たら、わかるだろう。このあたりの住民は大富豪ばかりだ。すぐにぴんとくるさ」

「デレクはお金目当てじゃないわ、ニック。きちんとした人よ」

「どうしてわかる？」

「どうしても」

「まったく、君は何もわかっちゃいない」ニックは声を荒らげた。「君のお父さんは、遺言で君を守れると思っていた。だが現実には、君を災いに巻きこんだだけだ。君みたいな女の子に財産を遺《のこ》すより、寄付でもしてしまえばよかったんだ」

「私みたいな女の子って、どういう意味？」

ニックは口を開いたが、思い直したようにすぐ閉じた。何も言わずにサラのかばんを両手に持ち、彼女の部屋まで進んでいく。いからせた肩が、ニックの胸中を物語っているようだ。彼は中に入って戸口の近くにかばんを置くなり、廊下に出た。

「またあとで話そう」

ニックは、冷静さを失いそうになるといつもするように、落ち着いたふりを装った。

長い歳月の間に、サラはそういう彼のやり方を見抜いていた。ニックは取り乱すのが大嫌いなのだ。公私ともに、完璧《かんぺき》なまでに冷静でありたいと願っている。どなっているところなど見たことがない。以前は悪態をつくこともあったが、今はそれさえなくなっていた。

しかし、ニックの態度から、そして目からも、いろいろなことが読み取れた。

とはいえ、いつも読み取れるわけではない。まったく不可能な場合もあった。それでも、じっくり観察するうちに、ニックの胸中を少しはうかがい知ることができた。

「キッチンで朝のお茶を飲もう」ニックが提案した。「それから僕の書斎に移って話をしよう」

「デレクの話はいやよ」サラは条件をつけた。「まだ会ってもいない人の悪口を言うあなたの姿なんて、見たくないわ」

「ごもっとも。だが、ほかにもたくさん話すことがあるんだ。君の相続に関する重要な話だ。クリスマスの前に片づけておきたいんだ」

「でも、私は来年の二月まで二十五歳にならないのよ。夏休みが終わるまで、まだ日があるでしょう」

「いや、それがないんだ。僕はここにいないから」

「どこへ行くの？」サラは思わず尋ねていた。

「一月は、ほとんどハッピーアイランドに滞在する予定だ」

サラの心は沈んだ。ニックが島に別荘を持っていることは知っていた。しかし、これまでは、この時期に行くことはほとんどなかった。

「電話をしたとき、フローラは何も言っていなかったわ」

「その話題にならなかっただけだろう」

「新年までにも、まだ一週間あるわ」ニックがそれほど長く家を空けることを知って、サラの心は乱れた。

「だが、年末は客もやってくる。君も新しい恋人が来るんだろう。一分でも離れたくないそうだし。話せるときにすべて片づけておいたほうが賢明だと思う」

「今日はツリーの飾りつけがあるわ」

「ほんの二時間でいいんだ、サラ。一日かかるわけではない」

「今夜は？　夜まで待てないの？」

「夜はクリスマス・プレゼントを買いに行く」

サラはため息をついた。間際に買い物に行くなんて、まったく男の人ってがさつだわ。

「さあ」ニックがぶっきらぼうに促した。「下に行こう」

「その前にトイレに行きたいわ」サラは率直に言った。

「わかった」ニックは再びぞんざいに肩をすくめた。

「僕は先に行って、フローラにお湯をわかしてもらうよ」

サラはかぶりを振りながらニックを見送った。これではせっかくのデレクの思いつきも台なしだ。明日、私がおめかしをして、偽りの恋人に甘えても、何ひとつ変わりそうにない。ニックにとって、私は早く縁を切りたいお荷物でしかないのだ。二十五歳の誕生日が待ちきれないくらいだろう。

不意に、サラも同じ気持ちになった。ニックへの片思いに苦しめられ、かなうことのない望みをひそかにいだき続けることに、疲れを覚えた。

そろそろ前に進むときだわ。

ニックのいない人生に足を踏みだすのよ！

3

ニックがキッチンに入っていくと、フローラがその日の朝につくったキャラメルケーキを切っていた。

「サラが帰ってきませんでした？」家政婦が尋ねた。

「ああ。もうすぐここに来る。湯をわかしてくれないか」

フローラはキャラメルケーキを冷蔵庫に戻し、電気ポットのスイッチを入れた。「あの子の顔が見られるなんて、本当にうれしいわ。そうでしょう？」

ニックはいかめしい顔つきで、黒い大理石でできた朝食用カウンターの前のスツールに腰を下ろした。

「あなたはそうだろうね、フローラ」

「まあ、ニック、あなただってうれしいくせに。ずっと会いたがっていたんじゃない？」

「あいにくそういう感情は持ち合わせていない。ひとり娘の後見人に僕を選ぶなんて、レイもどうかしていたんだ。二月が来たら、せいせいするよ」

「大変なお役目だったと思いますよ」フローラは同意した。「あの子が相続する遺産の額を考えれば、なおさらです。新しい恋人とやらを、どうお考えです、ニック？　前途有望な青年かしら？」

「そんなこと、わかるものか」

「ゆうべ初めて聞いたというのが、妙ですよね。何か問題のある人じゃないかと思わずにいられませんでした」

「僕も同じことを考えていた。とりあえず様子を見るしかない」

「そうですね」フローラはうなずいた。「で、サラはどうでした？」

「どういう意味だい？」

「きのうの電話で、ジムに通ってやせたと言っていました。まさか気づかなかったなんて言うんじゃないでしょうね？」

「ちゃんと気づいたよ」

「それで？」ニックのはっきりしない態度に業を煮やし、フローラは促した。ニックもときどき、ジムに劣らず口が重くなる。どうして男というのはおしゃべりをしないのだろう、とフローラは不思議でならなかった。サラが帰ってくると話し相手ができてうれしかった。

「僕は前のままでよかったと思う」

「まったく、男の人っていうのは困ったものだわ。女に変わってほしくないのよね。ああ、来たわ」家政婦はサラを手招きした。「サラ、こっちへ来て私に顔をよく見せてくださいな」

　フローラに歩み寄り、ぎゅっと抱きしめられたとたん、サラは胸が熱くなった。こんなふうに誰かに抱きしめられたのは久しぶりだった。

けさ、ニックは挨拶《あいさつ》の抱擁をしてくれなかった。頬への軽いキスも。

サラはフローラの肩越しにニックを見やった。しかし彼はサラのほうを見向きもせず、ひどく不機嫌な顔でカウンターの表面を見つめていた。

「おやまあ」フローラはようやく腕の長さだけ体を離して、サラを見つめた。「ずいぶんとやせましたね。これなら、大好きなキャラメルケーキを思う存分食べられそうだわ」言い終えるなりサラに背を向け、家政婦は冷蔵庫を開けた。「けさ早くにこしらえたんですよ」

「そんなに気を遣わなくてもいいのに」サラは優しい口調で応じた。

「そうはいきません。ほかにすることもないんですから。クリスマス・ランチのお料理は、今年は全部ケータリングにしました。私には荷が重いってニックが言うもので。私は粗末なプディングしかつくらせてもらえないんです！」

サラに向かって目をまわしてみせるフローラを見て、この一年でだいぶ老けこんだ、とサラは思った。しわが増え、髪はすっかり白くなっている。

「文句を言っているんじゃないんですよ、ニック」フローラは続けた。「老いは自覚しています。でも、豚の足や七面鳥を焼くくらいはできるし、サラダやシーフードが苦手な方のために温野菜もつくれます。まあ、過ぎたことはしかたありませんが」視線をニックからサラに移す。「さあ、ニックの隣に座ってくださいな。紅茶をいれますから、新しい恋人の話を聞かせて」

サラはうめきそうになるのを必死にこらえ、腰を下ろした。しかしニックの隣のスツールではなく、ひとつ空けた。

「何が知りたいの？」サラは平静を装って尋ねた。

「まず、お年はいくつです？」フローラがきいた。

デレクの年齢をまったく知らなかったことに気づいて愕然《がくぜん》としながらも、サラは平然と出任せを口にした。「三十五歳よ」ニックよりひとつ下だ。

ニックが振り向きざまに尋ねた。「ハンサムなのか？」

「ええ、俳優並みよ」

サラはニックの目が一瞬、光ったような気がした。

「おつき合いが始まって、どれくらいになるんですか？」今度はフローラが尋ねた。

サラはできる限り本当のことを言おうと決めた。「今年の復活祭《イースター》のあと、ジムで知り合って、パーソナルトレーナーをお願いしたの」

ニックが冷笑するような声をもらしたが、サラは聞こえないふりをした。

「なぜこれまで教えてくれなかったんです？」フローラは追及の手をゆるめなかった。

二人から根掘り葉掘りきかれることはわかっていた。なのに、サラは動揺した。「最初からおつき合いしていたわけじゃないの」彼女は今度もなるべく本当のことを話そうと決めた。「最近になって急に進展したのよ。運動のあとにお酒に誘われて、それからどんどん……説明しにくいけれど。とにかく今は幸せよ」

サラはにっこり笑ったものの、胸の中では波風が立っていた。

「それに、健康にもなりましたし」フローラが笑みを返した。「そうですよね、ニック？」

「確かに、フローラのキャラメルケーキを食べても大丈夫そうだな」

サラはどうにか笑った。「あなたがそんなことを言うなんて。あなたの恋人こそ、みんな棒みたいじゃないの」

「みんなじゃない。君はまだクロエに会っていないだろう?」

「そうね、まだお目にかかっていないわ」

「明日、会えるよ」

「楽しみだわ」

「君は彼女のことを気に入ると思う」

「どうかしら? あなたの恋人を気に入ったことは一度もないもの。私の恋人をあなたが気に入らないのと同じよ。デレクにも、気をつけるよう言ってあるわ」

「クロエにも言っておいたほうがいいかな?」

サラは肩をすくめた。「別に。言ったところで何も変わらないでしょう?」

「もう、いい加減にしてくださいな」フローラが割って入った。「クリスマスなんですよ、愛と平和を尊ばなくては」

サラは危うく、ニックは愛など信じていないと言いそうになり、慌てて口を閉じた。もうニックのことは気にしないで前に進もうと決めたのだ。

皿に盛られたキャラメルケーキを出されると、サラはとても我慢できず、いちばん小さなものに手を伸ばした。紅茶を飲みながらゆっくり食べようと努める。ニックはいちばん大きなものを取り、あっという間に平らげて、憎らしいことにすぐさまお代わりをした。いくら食べてもまったく太らない体質だなんてずるい、とサラは思った。とはいえ、ニックが一日おきにウエイトトレーニングをし、しばしば泳いでいることを、彼女は知っていた。

三十六歳になるニックだが、長身の体は引き締まり、贅肉《ぜいにく》はまったくついていない。胸や腕がたくましくなった以外、初めて会ったときからほとんど変わっていなかった。

ただし、それは体の話で、ほかの面では大いに変わった。今ではどんな相手にも合わせることができ、朗らかで愉快な人物になるときもあれば、洗練された自信たっぷりの社交家になるときもある。しかし、この屋敷に来たころは、内向的で心の奥に怒りを抱えた青年だった。

ただし、サラに怒りをぶつけることはなかった。いつも優しく親切で、彼女のためによく時間を割いてくれた。そのおかげで、孤独な少女はずいぶん癒《いや》されたものだった。

そんな彼をいかに慕っていたことか。

サラは昔のニックのほうが、ずっと好きだった。

ニックがビジネスの世界に足を踏み入れた当初は、彼の野心を頼もしく思った。しかし成功するにつれ、ニックはより豊かな生活を求め、うわべだけの快楽にふけるようになった。ハッピーアイランドの別荘に加え、ゴールドコーストに最上階の部屋《ペントハウス》を持ち、南部のスキー・リゾートにはシャレーも所有している。ビジネスに精を出していないときは、それらの家を転々としていた。必ず最新の恋人を同伴して。

いえ、違う。恋人ではなく遊び相手だ。ニックの人生に、愛は存在しないのだから。

サラの父は、ニックのことを誇りだと言い、仕事に対する考え方や見通しの確かさ、頭の回転のよさを、褒めたたえていた。

実のところ、ニックが実業家としては大いに誇れる人物であることはサラもわかっていた。しかし父が生きていて今のニックの私生活を見たら、失望するだろう。女性との交際は長続きせず、人を愛せないから結婚などしないと言い張る男性は、褒められたものではない。

いえ、そんなふうに決めつけるのはひどすぎるかもしれない。ニックは人を愛せないことを自慢したりはしない。ただ事実を口にしているだけだ。

少なくとも、彼が人とのつき合いに関して正直なことは、サラも認めざるをえなかった。恋人を甘い言葉でだますようなまねは決してしない。相手はみな、ニックが求めているのは体だけであり、一時的な関係にすぎないと知ってつき合っていた。

「楽しそうに食べる君をこうして再び見られて、うれしいよ」

意味ありげなニックの言葉に、サラははっとした。いつの間にかキャラメルケーキを二つ平らげている。仰天しつつも、これ以上ニックにつけこまれまいと、彼女は努めて平静を装った。「フローラのキャラメルケーキに勝てるわけないでしょう？」家政婦を見つめて軽やかに続ける。「来年のクリスマスは、もう少しパーティの規模を小さくしましょう。だから、なんでも好きな料理をつくってちょうだい」

「この家の伝統を引き継がないつもりか？」ニックが挑むように尋ねた。

「あなたはそういうつもりでいたの、ニック？」サラは言い返した。「父が生きていたころのクリスマス・ランチは取り引き相手の接待ではなく、真の友人の集まりだったわ」

「それは君の思い違いだ。お父さんが友人と言っていた人たちのほとんどは仕事の関係者だった」

ニックの言うことは正しい。それでも、彼らは父というひとりの人間を好きだったのであって、父からいかに利益を得るかを考えていたのではない。少なくとも、サラはそう思いたかった。

でも、私は自分に都合のいいように父を見ているだけなのかもしれない。あの気さくな人柄の裏に、ニックと同じくらい冷酷な面を隠し持っていたとも考えられる。

いいえ、そんなことはない。サラはすぐさま否定した。父は優しくて寛大な人だった。

ただし、よき父親ではなかった。寄宿学校の行事には、仕事を口実にほとんど出席してくれなかった。長期休暇で帰省しても、たいていはほったらかしにされていた。

　正直に言えば、母が生きていたころも、さほど状況がよかったわけではない。キャリアウーマンだった母ジェスが思いがけず子どもを授かったのは四十歳のときで、子育てにかまけて仕事を犠牲にするわけにはいかなかった。サラは何人もの子守《ナニー》に育てられ、幼稚園に入ってからはフローラがずっと面倒を見てくれた。しかし明るく朗らかなフローラも山ほどの家事を抱え、サラのために割ける時間は限られていた。

　結局、サラとともに充実した時間を過ごしてくれる人は、誰もいなかった。ニックが来るまでは。

　サラは頭を巡らせてニックを見た。悲しみが胸に迫る。今も彼が単なる運転手だったら、どんなにいいだろう。まだ自分が彼を好きでいられる子どもだったら、どんなにいいか。

　目頭が熱くなったとき、ニックがサラのほうに顔を向けた。サラは慌ててまばたきをして涙をこらえたが、彼の顔には後悔の念が浮かんでいた。

「悪かった」ニックはぼそりと言った。「お父さんを悪く言うつもりはなかったんだ。レイは人柄もよく、とても寛大な人だった。クリスマスの季節が大好きで、毎年、ホームレスを対象とした慈善事業に莫大《ばくだい》な寄付をしていた。レイのおかげで、大勢の人たちがクリスマス・ディナーを口にすることができ、子どもたちはプレゼントをもらえたんだ。君は知っていたかい？」

　サラは眉をひそめた。「知らなかったわ」刑務所に入った若者の更生に尽力していたことや、がん研究やがん患者の支援団体に多額の寄付をしたことは知っていたが、慈善事業の件は初耳だった。「それは今もずっと続いているのかしら？　どうなっているか、あなたは知っている？」

「その件に関しては遺言に記載がなかったから、僕の名義で毎年続けているよ」

「あなたが？」

「そんなに驚くことはないだろう。僕だって、自分のことばかり考えているわけではない」

「別に……そんなつもりで言ったんじゃないわ」

「けれど、そう思っている。まあ、たいていの場合はそのとおりだから、しかたがないが」

「ニック、そんなに謙遜《けんそん》なさらなくても」フローラが口を挟んだ。「ニックは私とジムが喜ぶだろうと、大画面のプラズマテレビを買ってくれたんですよ。サラウンドスピーカーとＤＶＤもついていて、いくらでも録画できて、好きなときに見られるんです。ジムは大喜びで、暇なときは一日じゅうクリケットとテニスを見ていますよ」

「どうしてあれを買ったと思う？」ニックはごまかした。「僕の右腕と言える人間が、夏の間じゅうテレビにかじりついてるのをやめさせるためさ。録画機能を活用すれば、昼間の仕事に支障をきたすことはなくなり、空いた時間にじっくり見られるからね。だから、あれは純粋に自分のために買ったのさ。クリスマスは期待しないでくれよ、もうすっからかんなんだ」

「うそばっかり」フローラが笑った。

「笑い事じゃないぞ。今年は映画が二本も不発でね。新年に封切られるのも心配だ。二回ほど試写会を開いたが、結末が悲しすぎるという意見が多かった。監督はハッピーエンドで撮り直すと申し出たが、僕はそのままでいくことに決めた。これが失敗したら、サラに借金を申しこむ羽目になる」

　サラは衝撃を受けた。ニックのプライドの高さを考えたら、二度と借金生活には戻れないだろうに。

「二月になったら必要なだけあげられるわ。返さなくてもいいわよ」

「まったく、この子をどうすればいいんだろうね、フローラ？　今の恋人に同じようなことを言っていなければいいんだが。絶対に男に金をやったりするんじゃないぞ、サラ」ニックは厳しく戒めた。「最悪の事態を招くことになる」

サラはかぶりを振った。「何度言えばいいの？　デレクはお金目当てじゃないわ」

「君がどれほどの金を持っているか知ったら、そうなるさ」

「男性の誰もがお金目当てとは限らないわ。もうデレクの話は終わりにしましょう。私のお金じゃなく、私自身を好きになってくれる人が存在することをどうしても理解してもらえないようだから」

「ええ、サラの言うとおりね」フローラも同意した。「キャラメルケーキをもうひとついかが、サラ？」

そのときニックの携帯電話が鳴り、ひとまずこの場はおさまった。しかし、明日はどうなるかわからない。サラは気持ちが沈んだ。

「やあ、クロエ」ニックが、交際相手にしか聞かせない甘い声で応じた。「ああ、それでいいよ。今夜七時に迎えに行く。じゃあ」

ニックは電話を切り、スツールを下りた。「すまないが、予定が変わった。クロエが急に、政治家の主催するクリスマス・イブのパーティに招待されたらしい。それで、これからプレゼントを買いに行かなくてはならなくなった。例の話は帰ってからにしよう、サラ」

「わかったわ」気にも留めないふりをしたものの、サラはかなり動揺していた。ニックとの話し合いに関してではなく、ニックが午後に出かけ、夜はクロエと外出することに。まったくみじめすぎる。彼と過ごせる時間がほんのわずかでも、それで我慢するしかないなんて。

「私には新しい車をお願いね」出かけるニックに、サラは声をかけた。「黄色い車」

ニックは足を止め、肩越しに振り返った。「黄色だな」ぶっきらぼうに応じる。「車種は？」

「決まっているでしょう」そう言って、サラは最高級モデルの名を口にした。

　ニックが愉快そうな笑みを浮かべたのを見て、サラは少し気が晴れた。二人の特別なきずなは、今なおなくなってはいない。二人は、互いの本当の姿を知っているのだから。

　でもクロエは、本当のニックを知らない。クロエが知っているのは、この一年間オーストラリアの主要経済新聞の第一面を飾ってきたニックだ。

「検討してみるよ」ニックは答えた。「じゃあ、行ってくるよ」

「いってらっしゃい」サラは歌うように言った。顔では笑っていたが、今夜ニックがどこで過ごすかを思うと、二人のきずなを感じ取った喜びは早くも消えかかり、黒雲が心を覆い始めていた。

　ニックのことで、やきもちを焼いたり落ちこんだりしてはだめよ。サラは強く自分に言い聞かせた。

「今でもニックに思いを寄せているんじゃないでしょうね、サラ？」

　フローラがそっと口にした問いに、サラは打ちのめされそうになった。喉もとにこみあげた苦い塊をのみ下し、背筋を伸ばして、サラは笑みを取りつくろった。「まさか」

「それならいいんです。間違いのもとですからね。ニックみたいな男性を選んだら、どんな女性も幸福は望めませんよ」

　サラはさりげなく応じた。「私がそれをわかっていないと思うの、フローラ？」

　家政婦はほっとしたような笑みを浮かべた。「そのデレクっていう人とは、真剣なおつき合いをしているんですか？」

　サラが言葉につまると、フローラは即座に言った。

「違うようですね。もし真剣な交際だったら、もっと前に話してくれていたはずですもの」

「ニックには黙っていて」思わずサラは口を滑らせた。

フローラはいぶかしげに目を細めた。「デレクは本当に恋人なんですか？」

サラは唇を噛《か》んだ。この場はうそをついたほうがいいとわかっていたが、フローラを目の前にしては無理だった。「彼は……ただの友だちよ」

探るようにフローラはサラの目をのぞきこんだ。

「いったい、どういう心づもりなんです？」

サラはため息をついた。「悪気はないのよ、フローラ。ただ、クリスマス・ランチに一緒に来てくれる人が欲しいと思っていたとき、たまたまデレクに誘われていろいろ話すうちにこうなったの。ニックの恋人に見下されるのには、もううんざりだから」

「つまり、女の見えということですか？」

「そのとおりよ」

「かわいそうに、デレクはニックにこてんぱんにやられますよ」

「ええ。でも、デレクには言い含めて、覚悟してもらっているわ」

フローラは渋い顔をした。「そうだといいんですが。ニックはあなたの後見人という役目を、それはもう重く考えていますからね」

「デレクならきっと切り抜けられるわ」

「今までの恋人はさんざんでしたよ」

「デレクは恋人じゃないもの」

「だけど、そのふりをするんでしょう？」

「ええ」

今度はフローラがため息をついた。「うまくいけばいいんですけれど」

4

クリスマス・ツリーをうわの空で飾りつけながら、サラはフローラが口にした言葉について考えていた。フローラの言うとおりだ。明日、デレクはさんざんな目に遭うだろう。

でも、あらかじめ警告はしてある。それでもデレクは引き受けた。しぶしぶどころか、恋人のふりをするのを楽しみにしているようだった。

とはいえ、サラはしだいに怖くなってきた。悪夢のような光景が次々と浮かんでくる。デレクがゲイだとばれてしまったら、どうしよう？　私たちの関係がうそだとわかったら？　これ以上ニックの前で恥をさらす羽目に陥ったら、耐えられない。

そして、クロエの前でも……。

サラはすでに、会ったこともないクロエが嫌いになっていた。

ニックは、今までの恋人とは違い、クロエはやせていないと言っていた。けれど、やっぱり金髪なのかしら？

ようやく飾りやライトをすべてつけ終わり、残るはツリーのてっぺんにつける星だけになった。腕時計を見るともう六時十分で、お茶の時間はとうに過ぎていた。あの恐ろしいキャラメルケーキを二切れも食べたので午後はおなかがすかないだろうと、サラは昼食を抜いた。だが予想に反して、強烈な空腹を感じていた。

だけど、先にツリーの星を飾ってしまわなくては。

サラは再び脚立に上がった。今度はツリーのてっぺんに届くよう爪先立ちにならなければいけない。

「みごとなツリーだな」

不意にニックの声が聞こえ、サラはびくっとした。その拍子に脚立がぐらついて手から星が落ち、前にのめりそうになる。サラは悲鳴をあげた。そして何がどうなったのかわからないまま、ツリーに頭から突っこむと思った瞬間、彼女の体は宙に停止した。両腕を広げた格好のサラを、ニックが後ろからしっかり抱き止めている。

「もう大丈夫だ」

「すごく……びっくりしたわ」サラは思わず口走った。心臓が激しく打っている。

「悪かった。脅かすつもりはなかったんだ」

サラは口を開き、何か言おうとした。ニックの腕に抱かれたとわかったとたんに覚えた胸のざわめきを、なんとかしずめたかった。だが、あまりに彼と接近しているため、頭がまともに働かない。

ふとニックの視線が、少し開いたサラの唇に下りてそこに留まった。

火花が散るかと思うような、ほんの数秒、ニックは彼女の唇を見つめていた。

サラのまわりで時の流れが遅くなり、やがて世界が停止した。早鐘を打っていた彼女の心臓も動きを止め、サラは目を閉じて、誘うように頭をかしげた。ニックはキスをしようとしている。間違いないわ。

確信した次の瞬間、不意に床に下ろされ、サラは驚いた。ぱっと目を開けると、ニックが心配そうな顔で見下ろしている。

「足はついたよ」ニックが言った。

サラは泣きたくなった。恋い焦がれるあまり、ニックの中にありもしない感情を見た気になるなんて。少なくとも彼のほうは何も感じていない。

「大丈夫よ」サラは精いっぱいそっけなく言った。熱くほてった肌と、思いどおりにならない愚かな心をしずめなければ。

「危ないところを救った僕に感謝してくれてもいい

んじゃないかな?」

「あなたのせいで危ない目に遭ったのよ」サラはむきになって指摘した。「ところで、ここで何をしているの? 七時にパーティに行くんでしょう? もう時間がないわよ」

「正装しなければいけないことを、クロエが言い忘れていてね。着替えに戻ったんだ」

正装したニックの姿なら、サラも見たことがある。もちろん、うっとりするほどすばらしかった。嫉妬《しっと》に胸がちくりと痛む。今夜、クロエはニックにエスコートされ、そしてベッドにも……。

サラの胸に、今度は切り裂かれたような激しい痛みが走った。

「君のほうこそ、クリスマス・イブに出かけないなんて、どうしたんだい?」ニックがきいた。

「えっ? ああ、そうね……デレクはどこかへ行こうと誘ってくれたけれど……ツリーの飾りつけやプレゼントのラッピングが大変だからと言って断ったの」ニックとクロエのことを考えてしどろもどろになっていることに気づき、サラは愕然《がくぜん》とした。どうして私がニックとクロエのデートを想像しなければならないの?

「僕と同じようにすればいいのに、無料でラッピングをしてくれる店で買えばいいんだ」

ラッピングだけではないでしょう、とサラは言いたくなった。彼に見とれた店員がプレゼント選びまでかいがいしく手伝ったに違いない。

「もう行かなければ」ニックは続けた。「じゃあ明日の朝、プレゼント交換のときに。それとあらかじめ言っておくが、クロエは朝は来ないから、君が気に病む必要はないよ。ふてくされなくてもすむ」

「ふてくされたりなんかしないわ」サラは語気鋭く返した。

「いや、するよ、ダーリン。だが、君がふてくされるのもわかる。なかには、君につらくあたる女性もいたからな。ただし、たいていは、君をうらやんでのことだ」

「うらやむですって？」サラは飛びあがらんばかりに驚いた。

　ニックは苦笑した。「君のデレクは、若くて魅力的な女性とつき合っていると思うよ」言うなり、身をひるがえす。「じゃあ、行ってくるよ」

「まだ、あなたがしたいと言っていた話をしていないけれど？」サラは彼の背中に声をかけた。

　ニックは足を止め、じれったそうに首を巡らした。

「わかっている。クリスマスが終わったら話そう」

「でも、クロエとここで過ごすんでしょう？」

　ニックはけさ、年末は客を迎えると言っていた。今の恋人以外に、誰を招くというの？

「クロエと僕は、一分たりとも離れていられないというわけじゃない」ニックは当てつけがましく言った。「じゃあ、明日の朝に」

　彼がファミリールームを抜け、玄関ホールに続く二段の階段をひと息に上がるさまを、サラはじっと見ていた。さらに階段を駆けあがる音を聞くと、早く恋人に会いたくて気が急《せ》いているように思え、サラは気がめいった。

「明日、デレクが来てくれることになっていてよかった」彼女はぽつりとつぶやいた。

「ひとり言はよくありませんよ」

　振り返ると、フローラが笑っていた。

「私はひとり言が得意なの」サラは言い返した。

「布巾《ふきん》に話しかけるよりはましかもしれませんね」

　幼いころの習慣を持ちだされ、サラは目を丸くした。「知っていたの？」

「私はよく気がつくたちなんです。あの布巾は、もうひとりのご自分だったんですか？　それとも、大好きなお友だち？」

「友だちよ」

「男の子ですか、それとも女の子ですか?」

「ええと……どちらかといえば、男の子かしら」

「名前はニックじゃありませんでした?」

サラは頬を染めた。

「ほらね、サラ。私はよく気がつくんですよ」フローラは前に進んで、ツリーのライトのスイッチを入れた。「おやまあ、みごとなツリーだこと」

「今年、ジムはすばらしい木を手に入れてくれたわね」

「本当に。ところで、さっきニックの声がしていませんでしたか?」

「ええ。着替えに戻ったんですって。正装のパーティだったらしいの」

「なるほど。クロエは上流階級志向ですから」

サラはかぶりを振った。「なんだか、ひどい女性みたいね。ニックはクロエのどこを気に入ったのかしら?」

「それは、これまでの恋人たちと同じですよ。見た目がよくて、ベッドで言うとおりのことをしてくれるなら、中身はどうでもいいんでしょうね。どうせ長くつき合うわけじゃないから」

「あなたがニックのことをそんなふうに言うなんて。初めて聞いたわ」

フローラは肩をすくめた。「私も年をとったんでしょうね。年をとると、前は言えなかったことも言えるようになるんです。でも、誤解しないでください。ニックのことはとても好きですよ。女性関係を除けば。まさか、あなたにまで悪さをしなかったでしょうね、ダーリン?」

「私に? とんでもない!」

「だって、あなたは彼に夢中でしたから」

「それはもう過ぎた話よ」

「ご自分ではそう思っているかもしれませんが、その気にさえなれば、彼は今でもあなたの気を引けるでしょう」

まったくフローラの言うとおりだった。「クロエのような女性がベッドにいるというのに、そんな気持ちになるはずないわ」

フローラは鼻にしわを寄せた。「クロエは、そろそろ賞味期限が迫っている気がします。私があなただったら、明日新しいセクシーなドレスを着て下りていったとき、ニックには用心しますけれどね」

サラは目を見開いた。「ドレスのこと、どうして知っているの？」

「午後ずっと、ぶらぶらしているわけにもいかないので、あなたの荷物をほどいて差しあげたんですよ。明日は赤と白のドレスを着るのでしょう？」

「フローラ、あなたって本当にお節介ね！」

サラの思わぬ剣幕に、フローラは当惑した。「そうでもしなければ、何もわからないじゃありませんか。生徒さんからのすてきなクリスマス・カードは、全部鏡台に飾っておきました。そうしたら鏡台がいっぱいになってしまったので、新しい化粧品と香水はバスルームの棚に移しましたよ」

サラは礼を言えばいいのか、怒ればいいのかわからなかった。「それで、あなたが眉をひそめるようなものは何もなかったかしら？」

「クロエは慌てて美容グッズにお金をつぎこむでしょう。それだけ言っておきます」

「そうだといいけれど」

「もしかしたらデレクもあなたをひと目見て、友だち以上の関係に進みたいと思うかもしれません」

「それはないわ」

「いいえ、わかりませんよ、ダーリン」

5

そっと肩を揺すられ、サラはうっすらと目を開けた。無精髭《ひげ》の伸びたニックが見下ろしている。サラは一気に目が覚め、心臓が早鐘を打ちだした。

「何かしら？」サラは必死に声を絞りだした。「どうしたの？」

体を起こしたニックは、すでにジーンズとTシャツに着替えていた。「別に何も」

それなら、こんなに朝早く、私の部屋で何をしているの？　サラはいぶかった。

「君を起こしてきてくれと、フローラに頼まれたんだ」ニックは怒ったように続けた。

「どうして？」サラは頭が混乱していた。

「朝食をとって、プレゼント交換をするためさ」

サラは目をしばたたいた。「こんなに早く？」

「テーブルと日よけは九時に届く。もう八時だぞ」

「八時ですって！」サラは跳ね起きて顔にかかった髪を払い、日差しの降りそそぐバルコニーを見やってから、ベッドわきの時計を見た。八時をまわったところだった。

目覚まし時計を六時に合わせたのに、とサラは愕《がく》然《ぜん》とした。髪を入念にセットし、完璧《かんぺき》な化粧を施して、セクシーな新しいジーンズに緑のトップスという格好で、プレゼント交換に臨むつもりだった。最高の自分をニックの目に焼きつけたかったのだ。

「目覚ましが鳴ったのに気づかなかったんだわ」サラはうめいた。

あるいは、目覚ましをかけずに眠ってしまったのかもしれない。あれこれとクリスマスの用意をしていて、遅くまで起きていたせいで。

「とにかく起きて、下に来たまえ」ニックはいらだたしげに言い、きびすを返して部屋を出ていった。

「ええ……すぐに」

　ニックの姿が見えなくなったあとで、サラは〝メリー・クリスマス〟と言いそびれたことに気づいた。でも、ニックのほうも言ってはくれなかった。疲れて不機嫌な声だった。睡眠不足かもしれない。ゆうべ彼が帰ってきた物音を聞かなかったから、遅かったのだろう。たぶんパーティのあとはクロエのところへ行って、そして……。

「ゆうべのことを考えてはだめ」サラは声に出して自分に言い聞かせた。「とにかく起きなくちゃ」

　深呼吸をして上掛けをはねのけ、バスルームに駆けこむと、二分きっかりで顔を洗い、歯を磨いた。

　そして、鏡に映る自分を見つめた。

　決戦の日を迎え、胸が高鳴っている。

　考えようによっては、服を選んでいる時間がないのはいいことかもしれない。あとで着飾って出ていったときに劇的な効果が期待できる。

　それでも、サラはみすぼらしい姿では行きたくなかった。

　髪はブラシをかけるくらいしかできず、ゆるく頭の上にまとめる。化粧の時間はまったくなかった。

　幸い、ナイトドレスは新しく、デザインも申し分ない。ラベンダー色のサテン地で、おそろいのローブもついている。それを羽織ってサッシュベルトを締め、急いで部屋に戻ったところで、サラは合う靴がないことに気づいた。

　スリッパではおかしいし、サンダルもビーチサンダルも合わない気がする。

　今までもクリスマスの朝にナイトドレスとはだしで下りていったことはあるけれど、今回のナイトドレスは丈が短かった。腿の半分くらいまでしかなく、ローブも膝丈だ。座るときには気をつけなければならない。救いは脚の手入れをしたばかりだったことだ。先週末にエステに行き、ワックス脱毛をしてもらったのだ。痛い代わりに、しばらくは剃刀《かみそり》を当てなくてすむ。

もう八時七分だ。サラは最後に深呼吸をして心を落ち着かせ、はだしで階段へ向かった。

クリスマスの朝は、毎年かなり軽めの朝食と決まっている。ツリーの前でクロワッサンとコーヒーの食事をとりながら、プレゼントを交換するのだ。ゴールドマインのファミリールームはとても広く、腰を下ろせるエリアが三箇所ある。ツリーは例年どおり奥の隅に立てられている。その前には茶色の革のソファが向かい合わせに置かれ、その間に木製のコーヒーテーブルが据えられた。

サラが下りていったときには用意が整っており、ファミリールームに足を踏み入れるなり、いい香りが漂ってきた。

はだしで静かに入ったサラには、状況を見定めて、どこへ座るか思案する時間が少しあった。

フローラとジムは、テラスに向いたソファの端にそれぞれ腰を下ろし、ニックはその向かいのソファのまん中に座ってコーヒーを飲んでいる。きのうのことがあるので、ニックの隣には座りたくない。彼のそばにいると、気持ちをかき乱され、自分を見失ってしまう。

ランチにはおしゃれをして、デレクと恋人同士のふりをする予定に変わりはなかったが、ニックに女性として見てもらう望みは、もはや捨てていた。父親が亡くなってからは、ニックがサラのことを、自分が〝法的責任〟を負っているお荷物としか考えていないことは明らかだった。

不意にニックが彼女のほうを向き、無造作な髪から真っ赤なペディキュアを施した足先までひととおり眺め渡した。

彼の視線が胸のあたりでしばしとどまったように感じたのは、気のせいかしら？　いずれにせよ、サラの体はたちまち反応した。肌がぞくぞくし、動悸《どうき》がして、胸の先端が硬くなった。

　サラは息をのんだ。気のせいよ。きのう、彼がキスをしてくると勘違いしたのと同じだわ。ニックに限らず、男の人なら誰だって、ナイトドレスを身にまとった若い女性が目の前に現れたら見ずにはいられない。それとなんら変わりはない。ニックは決して、私が望むような目では見てくれない。

「メリー・クリスマス！」自分の勘違いでプレゼント交換の雰囲気を悪くしてはいけないと、サラは精いっぱい明るく言った。

　フローラとジムはすぐさま振り向き、温かな笑みでサラを迎えた。

「メリー・クリスマス、ダーリン」フローラがうれしそうに言う。「さあ、こっちへ来て、隣に座ってくださいな」家政婦は自分の座っているソファの隣をぽんぽんとたたいた。

「待たせてごめんなさい」サラはフローラの丸い膝をかすめて進み、ニックの真向かいに座った。「目覚ましが鳴ったのに気づかなくて」そう言い添え、彼女は膝をぴたりとつけてローブでできるだけ脚を隠し、ゆったりとソファの背にもたれた。

「いいんですよ、サラ」フローラが言った。「さあ、コーヒーでもいかが」言いながらも、彼女はすでに身を乗りだしてポットを取っていた。

「ええ、いただくわ」フローラを見つめたままニックには気づかぬふりをして、サラはクロワッサンをひとつ取り、自分の皿の上に置いた。「みんなはもう食べたの？」

「ジムと私はいただきました」フローラが答えた。「ニックはまだです。おなかがすいていないそうで。察するところ、二日酔いでしょう」

「いや二日酔いなんかじゃない」ニックはすかさず反論した。「ランチのために控えているだけだ。けれど、コーヒーのお代わりをもらおうかな、フローラ」マグカップをテーブルに置き、家政婦のほうへと押しやる。「ミルクと砂糖入りで。それであと二時間はもつよ」

「ゆうべのパーティは楽しかった？」うっかりきいてしまい、サラは悔やんだ。私ったら、本当に、ときどきばかな振る舞いに及んでしまう。

ニックはお代わりがつがれたマグカップを取り、ひと口飲んでから答えた。「変わり映えしなかったよ。正直、ここのところパーティにはうんざりしている。それもあって、ハッピーアイランドに行くことにしたんだ。何もしないでゆっくりと過ごせるから」

「ここでだって、何もしないで過ごせるのに」やはりサラは、ニックが屋敷からいなくなるのは寂しくてたまらなかった。

黒い目がマグカップの縁越しにサラの目をとらえた。「いや、無理だ」

「どうして？」

「ここでは、みんなに邪魔される」彼はぶっきらぼうに答えた。

恋人とゆっくり過ごせないというわけね。

ハッピーアイランドの別荘のプールで、クロエとニックが一糸まとわぬ姿でたわむれている光景が脳裏をよぎり、サラの心は暗く沈んでいった。

「そろそろプレゼントを交換しましょうか」フローラが言った。「ジム、今年はあなたがサンタクロースになったらどう？　いいかしら、サラ？」

「もちろんよ」サラはおいしいクロワッサンを食べながら、ひとつだけでやめておくのよと自分に言い聞かせた。さもないと、またおでぶちゃんに逆戻りだ。

とはいえ、今のサラにはクロワッサンの慰めが必要だった。ともすれば押しつぶされそうな幻滅感に屈しないために。

どうしようもないほど、なんの望みもない恋。サラはみじめに思いながらひとつ目のクロワッサンを平らげ、もうひとつ手に取った。

ニックは決して私のものにはならない。

でも、そんなことはとうの昔にわかっていたはずよ。なのに、デレクにそそのかされて、試す気になったりして。

そのとき、フローラの手がサラの腕にそっと置かれた。

「食べるのはプレゼントを開けてからにしたら」フローラが戒めた。「まずニックへのプレゼントを取ってちょうだい、ジム。サラはまだコーヒーを飲んでいないから」

「ありがとう、フローラ」サラは小声でつぶやき、クロワッサンを置いて代わりにコーヒーを手にした。

ジムが立ってプレゼントの山を動かし始め、小さな長方形の包みを選びだすと、サラの胃がきゅっと縮んだ。輝く金色の包装紙全体に、クリスマス・ツリーが印刷されている。

ニックがプレゼントを開けてくれるという期待感よりも、彼の反応に対する不安で胸がいっぱいになった。気に入ってくれるという自信はある。ただ、自分の秘めたる思いに気づかれてしまうかもしれないと思うと、サラは怖かった。

ニックはマグカップを置いて包装紙を破り、白い箱が現れるとけげんな顔をした。「今年はコロンじゃないのか？」爪を短く切った手で、きつく閉まったふたを開けるのに奮闘する。

「ええ」サラは答えた。「私が代わりに開けましょうか？」

「いや、自分でするよ。ほら、開いた」ニックは箱を逆さにし、緩衝材で包まれた品物を手のひらに出すと、いっそうけげんな顔をした。「いったいなんだろう？」言いながら包みをほどいていく。

サラはいつしか息をするのも忘れていたが、正真正銘、紛れもない本物の喜びが彼の顔に広がるのを見て、報われた心地がした。

「気に入ってくれるといいんだけれど」

言ったとたん顔を上げたニックにじっと見つめられ、サラは頬を染めた。どうしよう、思いを見抜かれたのではないかしら？

「なんなんです？」ニックが何も言わないうちに、フローラが口を開いた。「見せてくださいな」

ニックはみんなに見えるよう、ミニチュアのゴルフバッグをコーヒーテーブルの上に置き、サラに向かってうなずいてみせた。

「言葉もないよ、サラ」ニックの顔に浮かんでいるのは驚きだけで、不審に思っている気配はみじんもなかった。

「見て、ジム」フローラが夫に言った。「小さなゴルフバッグよ。中にはちゃんと、かわいいクラブが入っているわ」

ジムは身を乗りだし、目を凝らした。「ずいぶん高そうだな」

「ええ」ニックが言った。「高価なものです。こんなに金を使わなくていいのに、サラ」

「あら、もうすぐ遺産を受け継ぐ身としては、それほど高価なものではないわ」サラは事もなげに言った。「長年にわたって、苦労して私につき合っていただいたから、何か特別なものをと思ったのよ。クラブは純銀製で、品質証明もついているわ」

「いったいどこで手に入れたんだい？」ニックが尋ねた。

「通信販売よ。店では買えないものが手に入るの」

「心のこもった、すばらしい贈り物だ」ニックはもう一度、小さなゴルフバッグを手に取った。「大事にするよ」

サラの胸は喜びでいっぱいになった。私の選んだプレゼントでニックに心から喜んでもらえた。彼の温かな反応から、私は好かれているとわかる。女性として見てもらえないのなら、好意だけでもいい。何もないよりは。この数年は、ニックに嫌われているのではないかとさえ思い始めていたのだから。

でも、そうでないことははっきりした。もっと私が大人になり、ずっと悩まされてきたこの狂おしいほどの思いを乗り越えたら、また昔のような温かい関係に戻れるかもしれない。

「今度は君の番だ」ニックが言った。「ジム、赤いリボンのついた箱を取ってくれ。そう、それだ」店でラッピングしてもらった箱を、ニックは笑顔でサラに渡した。

「君のリクエストにはそえないけれど」

「なんの話？」一瞬いぶかったあとで、サラはすぐに思い出した。「ああ、車のことね。いやだ、あれは冗談よ。さあ、何を買ってくれたのかしら」少し興奮ぎみに言いながらリボンをほどき、サラはふたを開けた。

中には黄色い車が入っていた。ニックに言ったとおりの車種だ。ミニカーではなく、だいぶ大きめで、安物ではない。

サラは満面に笑みをたたえて車を引っ張りだし、みんなに見せた。「お茶目な皮肉屋さんが、こんなものを買ってくれたわ」

フローラはニックに向かって舌打ちをしたが、ジムは気に入ったらしい。

「サラ、運転席のドアを開けてごらん」ニックが言った。「これから遺産を受け継ぐ女性に、もっとふさわしいものが入っているよ」

サラが言われたとおりにすると、深紅色のベルベットで覆われた三角形の小箱が入っていた。開ける前から宝石だとわかったが、何が入っているかサラは興味津々だった。

緊張で胃がよじれるのを感じつつ、サラはふたに手をかけた。今までニックが宝石を贈ってくれたことはない。なのに、今回に限ってどうして？

中身を見て、サラは息をのんだ。「まあ！」目を丸くしてニックを見つめる。「まさか本物のダイヤじゃないでしょうね？」

「もちろん本物ですよ」フローラが言い、身を乗りだして、えもいわれぬ輝きを放つイヤリングを見つめた。

「これは高そうだな」けさのジムは同じせりふばかり口にした。

「気に入らないのかい？」ニックはそっけない口調で尋ねた。「返品したいのなら、まだどこかにレシートがあると思う」

「とんでもないわ！」サラはさっとふたを閉め、箱を胸に抱えた。

ニックはにっこりした。「君にはお母さんの宝石があるのはわかっている。けれど、君に似合うとは限らないからね。それは君にとてもよく合っていると思う」

サラはもう一度ふたを開け、イヤリングの片方を取りだしてじっくり眺めた。耳たぶにあたる部分についた大きなダイヤと、そこからぶら下がる小さめの二つのダイヤが光り輝いている。

「私は派手な宝石が好きな女だということ？」

「ダイヤは決して派手じゃないよ。上品だし、流行にも左右されないうえ、どんな服装にも合う」

「じゃあ、今日つけさせていただくわ」サラは即座に決めた。「クリスマス・ランチのときに」そして、誰からのプレゼントなのか、クロエに見せつけてやるわ。

「それはいい」ニックは目をあやしく光らせた。

「じゃあ今度は、私がニックからのプレゼントを開けさせていただくわ」フローラがそわそわと言った。

「私もダイヤかしら？」サラと同じくらいの大きさの箱をジムから受け取り、言い添える。

「申しわけない」ニックが応じた。「あなたにはサファイヤのほうがいいと思ったんだ。青い瞳によく合うからね」

「まあ、そんな冗談を」フローラは笑った。

　しかし、ニックのプレゼントは本当にサファイヤだった。サファイヤがはめこまれた、目の覚めるような腕時計だ。ジムへのプレゼントも、高価な純金製の腕時計だった。二人とも興奮し、大騒ぎだった。

　ニックがクリスマス・プレゼントにこれほどお金を使ったのを、サラは初めて見た。このぶんなら、ニックが経済的な問題を抱えているはずはないと、彼女はほっとした。

　フローラとジムは、サラからのプレゼントも大いに気に入ってくれたようだった。フローラには香水とヘルシーメニューの載った新しい料理本を、ジムには希少なポートワインと名前を刻印した特製のグラスを選んでいた。

　そのお返しに、フローラとジムからは、すてきな写真立てと愛らしい翌年の日記帳を贈られた。日記帳はすべてのページに花の写真と、その日の格言が載っていた。

　一方、ニックは二人から新しい革の財布と、金糸織りの上等なシルクのネクタイをもらった。

「めったにないでしょうが、そういうのを身につけなくてはならないときのために」フローラが言った。

　確かに、そういう機会はまれだった。ニックはタキシード姿もスーツ姿も、目がくらむほどすてきだ。なのに彼はあらたまった服装が嫌いで、カジュアルな服装を好んだ。しかたなくスーツを着ることもあるが、ふだんは開襟シャツやクルーネックのカットソーを着ている。

家ではショートパンツやジーンズで、今もそうだ。もちろんクリスマス・ランチには、しゃれたズボンと開襟シャツに着替えるだろう。長袖《ながそで》か半袖かは天気による。今日は二十八度くらいで、この時分にしては快適な気候だった。

天気が崩れなければいいけれど、とサラは思った。雨が降ると気温は急速に下がり、彼女が考えている服では肌寒いかもしれない。

「さてと」やおらニックは立ちあがった。「ここを片づけよう。ジム、外の準備を手伝ってくれ」視線をフローラに移す。「あなたはいつもみたいに慌ただしく立ち働かないでほしい。料理は十時に来るから、それまでにキッチンが片づいていればいい。食器もグラスもカトラリーも持ってきてくれるから。ただし、ワインは先週僕が買ってきて、ワインセラーに入れてある」

ニックは再びジムに目を向けた。

「ジム、一緒に取りに行ってくれるかな？　プレゼントをしまってくるから、五分後に裏のテラスで落ち合おう」続いてニックはサラを見やった。「ゲストは昼から到着するから、サラは着替えと用意にたっぷり時間を使って、十二時五分前に下りてきてくれ。玄関で客を迎える」

「今年は何人いらっしゃるの？」サラがきいた。

「全員そろえば二十人、僕たちも含めると二十四人だ。いいかい？」

「ええ」

三人はニックに言われたとおりに動きだした。

サラはこれからのことを思って胸をはずませた。よく考えもせずにデレクの計画を進めるのは無謀かもしれない。しかし今となっては、やはりクリスマス・ランチをひとりで迎えなくてよかったと思う。

少なくとも、デレクがついていてくれれば、目の前の料理をすべて食べないよう止めてもらえる。

だけど、デレクはニックの厳しい目に耐えられるかしら？　きのうフローラは、ニックが後見人としての責任を重く考えていると言った。事実、昔の恋人たちはことごとく、金目当てではないかと厳しく追及された。遺産を相続する直前にデレクを連れてくるのは早まったかもしれない。

デレクがゲイでなく、それに、クロエにも会ったことがあるなら、もっと落ち着いていられたかもしれない。不確定要素がありすぎて、サラは緊張していた。でも緊張などしてはいられない。昼にはさっそうと、気品をもって一階に下りていきたかった。そしてニックに、これほど手に入れたいと思うような女性は初めてだと思わせたかった。

6

十一時には、ニックはテラスの準備をすべて終えていた。テーブルと日よけを設置し、ワインもファミリールームのバーまで運んだ。

ケータリング業者は十時きっかりに到着した。女性三人と男性二人のスタッフはとても有能で、クリスマス当日の大変さを肩代わりしてくれる、まさにプロだった。

ニックは沈んだ笑みを浮かべながら、二階への階段をのぼった。ケータリングのスタッフは、確かに料理の準備にもあと片づけにもみごとな腕前を発揮した。だからといって、ニックが抱える今日という日の大変さをなくしてはくれなかった。

サラが十六歳を迎えたころに芽生えた、彼女への好ましくない感情を、ニックはようやくコントロールできるようになったと思っていた。だが、それは思い違いだった。今年はほとんど彼女が家に帰ってこなかったから、もう大丈夫だと勘違いしたにすぎない。それにクロエと出会い、あのセクシーな体と愉快な会話のおかげで、サラへの秘めたる思いを奥深いところへ閉じこめられたと思っていた。

だがきのうの朝、サラが新しい恋人を連れてくるとフローラから聞いたとたん、鉄の自制心だと思っていたものが崩れ去り、狂おしいほどの嫉妬《しっと》がわき起こった。そしてゴルフにも行く気になれず、サラの到着を待っていた。相続について話があると言ったものの、本当のねらいは新しい恋人に関する情報を集めることにあった。

デレクに夢中だと聞いて、嫉妬の炎はますます燃え盛った。確かに、表面上はサラに対して平静を装うことに成功している。きのうの午後、キスをするチャンスがあったのに自制した自分を、大いに褒めてやりたい。

しかし、ダイヤのイヤリングの件では、誘惑に屈してしまったのではないか？ ニックは自問した。あえて高価なものを買い、デレクという男に、それが誰のプレゼントかを見せつけてやりたかったのだ。

正直な話、サラが恋人を連れてきたときは、毎回ひどい態度をとった。そしてその都度、彼女の父親に頼まれたことをやっているだけだ、サラを金目当ての男たちから守るためだと、自分に言い聞かせていた。

だが、事実はまったく違う。あの哀れな恋人たちは、誰ひとりとして金目当てではなかった。サラから遺産の話など聞いていないのだから、ねらうも何もない。彼らはただ、ずっとニックが望んでいる位置に立てたラッキーな若者にすぎない。いや、アンラッキーと言うべきか。

サラの恋愛を打ち砕くたびに感じていたゆがんだ満足感は、僕がどんな人間かを如実に示している。体の芯《しん》から腐りきった、身勝手な男だ。

今度はどうなるだろう？　ニックは暗い気持ちで考えながら階段をのぼりきり、廊下の先にあるサラの部屋を見つめた。

何もしないのがいちばんいい。きのう、サラを抱き止めたときに何もしなかったように。あのとき、どれほどキスをしたかったか。

だが、キスをしたら最後、白い目で見られるのがおちだろう。心の底から慕う恋人がサラにできたのだ。今の彼女は、結婚して子どもを持つという長年の夢を実現させる一歩手前まできているのかもしれない。

デレクがきちんとした男だったら、サラに疑念をいだかせるのは酷というものだろう。

今度だって、打ち砕いてやりたい……。

だが、そう思うのと実行に移すのとではまったく違う。サラを誘惑したいとずっと思っていたのに、何もしなかっただろう？

ニックはぶるっと頭を振り、主寝室に入った。ドアを閉めると、当面のサラとの問題だけでなく、これから直面することになる問題が次々と浮かんできた。

二月になれば、ニックはこの屋敷を出ていかなければならない。そのときはきっと、身を裂かれるようなつらさを味わうことだろう。彼はこの屋敷もこの住人も大好きになっていた。ほかの家や部屋に帰る自分など想像できなかった。

妙なものだ、とニックは思った。八年前にレイが亡くなってこの屋敷に引っ越してきた当初は、この部屋が好きになれなかった。

レイが東京を訪れてから日本びいきになり、日本風につくり替えたのは庭だけではない。主寝室の家具もすっかり入れ替えた。壁は白く塗られ、豪華な金色の絨毯《じゅうたん》は取り払われて床板が敷かれた。重厚なマホガニー製の家具はチャリティーに出され、日本風の漆塗りの家具が置かれた。現在のキングサイズのベッドは低く、上掛けと枕《まくら》カバーは、四隅に花模様をあしらった真っ赤な絹織物となっている。

漆塗りのサイドテーブルが二つある以外に家具はほかになく、ウォークイン・クローゼットはレイの服をすべて収納できるくらいに広かった。

バスルームも合わせて拡張され、泳げるくらいのスパ付きバスタブが入っている。

そのバスルームは気に入っていたが、部屋のほうは殺風景な感じがして居心地が悪かった。そこでニックは、ベッドのまわりに真っ白な毛足の長いラグを敷き、隅に籐《とう》の椅子を置いた。さらに、巨大なプラズマテレビをベッドの向かいの壁にかけた。最後に買ったのは黒いシルクのシーツで、台座がクロムのベッドサイドの照明具には新しいシェードをつけた。色はもちろん赤で、夜は官能的な空間を演出した。

寝室でのニックは、本来とても官能的な人間になる。だからこそ、昨夜のパーティのあとの行動は、自分でも解せなかった。

どうしてクロエを家まで送っていきながら、中に入って熱い営みを交わさなかったのだろう？　クロエのほうは、玄関で事に及びそうな勢いだった。いつもなら、積極的な彼女は大歓迎だ。なのに昨夜は、繰り返し迫ってくる唇がうるさく思え、つい頭痛がすると口走ってしまった。

言うに事欠いて、頭痛とは！

クロエは驚いたようだったが、思いのほか素直に身を引き、ニックの頬にキスをして、〝ゆっくりやすんで〟と言った。そして、ニックが車まで戻ったとき、クロエは言い添えた。

〝明日の夜は、こんなに簡単には帰さないわよ〟

ニックはまっすぐ家には帰らなかった。しばらく車を走らせながら自問した。どうして今、僕はクロエのベッドの中にいないんだ？　別の女性に欲望をいだかなくなるほどに、クロエのベッドで欲望を発散させないんだ？

　ようやく帰宅するや、ニックは倒れこむようにしてベッドに入り、眠りに落ちた。そして、いくつもの悩ましい夢を見た。たとえば、何年も前に苦しめられたあの小さなビキニを着て、サラがクリスマス・ランチの場に現れたり、彼女が一糸まとわぬ姿でツリーを飾っていたりする夢だ。あげくの果て、彼女を抱きしめて、きのうはできなかったキスを思う存分している夢……。

　けさ、ニックは信じられないほどの興奮を覚えながら目が覚めた。

　フローラに言われてサラを起こしに行った際は、彼女の寝顔を長いこと見つめていた。そのあと、サラがナイトドレス姿でプレゼント交換に下りてきたときには、欲望が暴れだしそうで、意志の力を総動員して抑えつけなければならなかった。

　あの美しくも高価なミニチュアのゴルフセットをサラから贈られ、いっそう胸が苦しくなった。新しい恋人ができたと言ってはいるものの、まだサラがひそかに自分に思いを寄せているのではないかと、胸をときめかせてしまった。しかし彼女にそっけなく、これまで面倒を見てもらったお礼だと言われ、残酷な現実を突きつけられた。

　サラはもう、少女のころのあこがれに終止符を打ったのだ。彼女を手に入れるチャンスは、もうなくなった。ニックは苦い気持ちでそう思い、顔をしかめた。

「サラが僕を卒業してくれて、喜ぶべきだ」ニックは力なくつぶやき、Tシャツを脱ぎながらバスルームに入った。「あとはもう情けない振る舞いをせずに、今日という日を切り抜けるのみだ」

　ニックはジーンズを脱ぎ、シャワーの栓をぐいとひねった。

「いやみは言うな」ニックは自分に言い聞かせ、冷たいシャワーの下に入った。「三万ドルのイヤリングを買ったなどと決してデレクに言ってはいけない。それから、サラがどんな服を着ていても、じろじろ見るな！」

7

「行くよ、サラ」

　ドアの外からニックの大きな声が聞こえ、せわしげなノックがそれに続いた。

　サラのベッドわきにある時計は、十二時三分前を指している。一階へ下りるようニックに言われた時刻を二分過ぎていた。

「今、行くわ」サラは鏡に映った姿をもう一度見てから返事をした。

　赤と白のサンドレスが均整のとれた体をぴたりと包み、実にセクシーだ。髪はアップにしたので、ニックから贈られたダイヤのイヤリングがはっきりと見えている。我ながら満足のいく仕上がりだった。

しかしサラは落ち着かなかった。デレクと演じる約束のばかげた芝居のせいだ。ニックはおそらく、二人の関係はどこか変だと察するに違いない。

しかし、今さら悔やんでも遅かった。デレクはすでにこちらに向かっている。少し前に、ハイヤーが到着したから十二時にはそちらに着くとメールが届いたばかりだ。

サラは最後に赤いグロスをつけた唇をほころばし、幸せそうに見える笑顔をつくった。そしてイヤリングを揺らしながらドアへと急いだ。

ドアを開けると、壁にもたれていたニックが目を上げた。まだ疲れているように見えたが、淡い黄色のチノパンがよく似合う。半袖《はんそで》で茶色とクリーム色のストライプのシャツもとてもすてきだった。

「準備オーケーよ」サラは朗らかに言った。

ニックは彼女の全身にさっと視線を走らせ、上唇をかすかに上げた。ときどき見せる、ニックの癖だ。

「ああ。だが、なんの準備だい？」

いつものとおり、ニックのいやみが胸にこたえた。

サラはスカートがふわりと広がっているあたりに両手を添えた。「せっかく着替えたのだから、少しくらい褒めてくれてもいいのに」

彼女の態度に驚いたとでもいうように、ニックの眉が上がった。「評価は分かれるところだろうが、そうだな……」彼の視線が今度はゆっくりとサラの上をさまよった。

その視線がしばし胸のところでとどまったときは、サラは息がつまりかけたが、ほどなく彼女の口へ、そして目へと移っていった。しかし、サラが期待していたような欲望の炎を彼の目の中に認めることはできなかった。

「今日の君は、すばらしくきれいだよ、サラ」ようやく口を開いたものの、ニックの口調はどこか冷めていた。「デレクは運のいいやつだな」

サラが地団駄を踏みたい衝動に駆られたとき、玄関のベルが鳴った。

「デレクだわ」サラは彼を迎えるところをニックに見られたくなくて、そそくさと玄関に向かい、ドアを開けて外に出た。

しかし、そこにいたのはデレクではなかった。鮮やかなブルーのラップドレスをまとい、ガラスをも切り裂きそうな鋭い笑みを浮かべた、三十代のブルネット美人だった。

その魅力的な女性が誰か、サラはひと目でわかった。

「あなたがサラね」女性は水色の瞳をいっそう冷ややかに光らせてサラを一瞥《いちべつ》し、抜け目のない口調で言った。「私はクロエ、ニックの恋人のね」

そうでしょうとも、とサラは苦々しく思った。今回のニックの恋人は洗練されたショートヘアで、これまでの交際相手よりもずっと豊満な体つきをしていた。しかし外見がどう変わろうとも、彼女たちの奥には必ず、したたかで優しさのかけらもない本性が潜んでいた。

サラはひと目でクロエが嫌いになった。

「いらっしゃい」どうにか丁重に言い、くるりと振り向いてニックを見た。〝本日のお相手〟とおしゃべりに興じるなんて、まっぴらだわ。

ニックはまだ階段を下りている途中だったが、うれしくもなんともない表情をしていた。

「クロエのご到着よ」サラは彼に向かって言った。

ほんの一瞬だが、クロエが来たことなどどうでもいいというような態度を彼がとったように見えた。ところがニックはすぐさま玄関に駆け寄り、不機嫌な顔に笑みを浮かべた。

「メリー・クリスマス、ダーリン」クロエは大げさに言ってニックの腕の中に飛びこんだ。

熱烈なキスを見たくなくて、サラは二人に背を向けた。〝いちばんのプレゼントは夜にあげるわ〟とクロエがささやいているのが聞こえ、サラは胸を締めつけられた。

そのときデレクが到着したのは、サラにとって天の恵みというほかなかった。今この瞬間に自分の味方がそばにいてくれる安心感で、お芝居への不安もどこかへ消え去った。

「デレク、ダーリン！」サラはクロエと同じように大げさに言った。「メリー・クリスマス。ああ、会えてうれしいわ」デレクの服装を見て、サラは内心ほっとした。ピンクのペイズリー柄のシャツでも着てくるのではないかと、ひそかに心配していたのだ。膝丈のカーゴパンツにスカイブルーのシャツという服装は合格点だ。鍛えあげられた体が引きたち、いかにもスポーツマンらしかった。

「僕もだよ、スウィートハート」

思いがけずデレクにそんなふうに呼びかけられ、サラは驚いた。

だが、それは序章にすぎなかった。デレクが大きなプレゼントを抱えたまま身をかがめ、唇にキスをしたのだ。

「とてもきれいだよ、サラ」デレクは身を起こしながら言った。「そう思いませんか、みなさん？」

ニックもクロエも無言だった。

サラは恥ずかしくなって頬を染めたが、デレクは動じなかった。

「君に似合うといいんだけれど、サラ」デレクはプレゼントを彼女に渡した。「店先で見かけて、君にぴったりだと思ったんだ」

サラは、喜べばいいのか、中身を心配すればいいのか、我ながらわからなかった。デレクには悪ふざけをするところがあって、楽しい場合もあれば困るときもある。

「あの……あとで開けさせていただくわ」サラはご

まかした。「ニックと一緒にお客様をお迎えしなくてはならないの。いやだ、忘れていたわ」サラはニックを見やり、改めて紹介した。「ニック、こちらがデレクよ」視線をデレクに転じる。「デレク、こちらがニック。私の後見人よ」

「驚いたな」デレクはニックと握手をしながら言った。「もっとお年を召した方だと思っていました」

あっけに取られたニックの表情がおかしく、サラは必死に笑いをこらえた。

「それから、私はクロエ」クロエが甘い笑顔を見せた。「ニックの恋人よ」

クロエがいかに裏表のある女性かを知り、サラはいやな気持ちになった。異性には媚《こび》を売り、同性には辛辣《しんらつ》きわまりない。

「二人きりでプレゼントを開けたらどう？」うわべだけの優しい声で、クロエがサラに言った。「お客様のお迎えは、私が代わるわ。ダーリン、それでいいわよね？　だって、デレク以外のお客様は、みんなニックの知り合いですもの」

「それはいい考えね」サラは、腹立たしいクロエから離れるチャンスに飛びついた。ニックの恋人の中でも、この二重人格の女狐《めぎつね》は最悪だわ！

「ここではだめだ」デレクが小声で言いながら、サラの肘をつかんで玄関ホールからファミリールームのほうへ誘導した。「二階へ案内してくれ。君の部屋へ」

「私の部屋ですって！」サラは金切り声を出して、はたと立ち止まった。

「そう、君の部屋さ」デレクは声を落として続けた。「理由はきかないで。とにかく振り向かずに、くすくす笑いながら、階段をスキップで上がるんだ」

「私、くすくす笑いはしないの」サラは女性特有の意味深長な笑いが大嫌いだった。

「今日は特別だ。とにかく、あこがれの人のベッドで一夜を過ごすのはどんなふうだろうと思い続けたくないなら、言うとおりにするんだ」

ここに至ってサラはようやくデレクの意図を察知した。「そんなことしてもだめよ、デレク」

「いいや、大丈夫。僕のすることに間違いはないよ。やきもちのことなら、ゲイにお任せさ」

「しいっ！　それは言っちゃだめよ」

「じゃあ、僕の言うとおりにして」

サラはくすくす笑いはできなかったけれど、声をあげて笑うことはできた。それからデレクのあとについて、少々はしたないと思われるスピードで階段を上がった。

「君の部屋はどこ？」階段をのぼりきるなり、デレクが尋ねた。

「右側の三番目よ」

二人してサラの自室に入ると、デレクはすぐにドアを閉めた。

「いい部屋だ」デレクが言う。

「ニックには少女趣味って言われるけれど。それに、今はやせすぎだと思われているの。やっぱり振り向いてはくれないわ。彼にやきもちをやかせるなんて、無理よ」

デレクは、にっこり笑った。「君にキスをしたとき、そうは見えなかったよ」

「どういうこと？」

「ずっと薄目を開けて、君の後見人殿の反応をうかがっていたのさ」

「どうだった？」

「ひどい顔をしていたよ。僕たちのキスを見ているのがいやでたまらないといった顔だった。握手をしたときも、僕の指をつぶしかねないほど殺気だっていたな」

サラはかぶりを振りながら部屋の中を進み、デレクのプレゼントをキルトの上に置いた。「そんなの信じられないわ」箱の隣に腰を下ろす。

「どうして？」

「どうしてって……どうしてもよ」ついサラは声を張りあげた。

「サラ、君は怖がっているんじゃないか？」

「何を？」

「願いが成就するのを。君はあまりにも長い間、その願いを胸に秘め続けてきた。そろそろ、思いきってあきらめるか、成就させようと頑張るか、二つにひとつだと思う」

サラは今夜、ニックがクロエと彼のベッドでたわむれている間、このベッドでひとり横になっている光景を想像した。そしてぎゅっと目をつぶり、心を決めた。目を開けると、辛抱強く待つデレクの顔がすぐそばにあった。

「それで、どう頑張ればいいの？」

デレクはにんまりした。「まずは、このままここにいるんだ。ランチの席につくのはいつ？」

「そういう食事じゃなくて、ビュッフェ形式なの。お客様に料理を勧めるのは、だいたい一時くらいかしら」

デレクは腕時計を見た。「それなら、一時五分前に下りていこう」

サラは、けげんな顔をした。「それまで、ここにいるの？」

「そう」

「ニックがどう思うか、わかって言っているのね」

「もちろん」

「ふしだらだと思われてしまうわ」

「僕が思うに、彼は頭が真っ白になって、何も考えられないだろうね。さあ、プレゼントを開けてごらん。下に行ったら、何をもらったか、後見人殿に必ず言うんだよ」

8

ニックはつのる一方のいらだちを必死に隠そうとしていた。いったいサラはどこで何をしているんだ？　みすぼらしいプレゼントひとつ開けるのに、こんなに長くかかるはずがない。まったく、もうすぐ一時だというのに。

言わずもがなの答えに、ニックの胸は締めつけられた。サラは自室にこもり、あの遊び人と口に出すのもはばかられるような営みに没頭している……。

あのデレクこそ、正真正銘の財産ねらいだ。うさんくさい笑顔に、うそっぽい金髪、そして、取ってつけたような褐色の肌！

残念ながら、あの筋肉だけは偽物には見えず、それがニックを死ぬほどいらだたせた。あんなうわっつらだけの魅力に、よもやサラが惑わされるとは思わなかった。しかも〝スウィートハート〟と呼ばれて喜んでいる。

デレクが誰にでも〝スウィートハート〟と言っているのが、サラはわからないのか？　相手の名前も覚えられないほどお粗末な頭だから、みんな同じ呼び方ですませているに決まっている。

「ニック、ジェレミーが話しかけているわよ」クロエが怒ったような声で注意を促した。

「えっ……ああ、すまない」ニックは悪意に満ちた思考を中断し、話しかけてきた男性に目を向けた。「なんの話だったかな、ジェレミー？」

ジェレミーはニックの映画制作会社のロケーションマネージャーだ。非常に有能だが、筋金入りのゲイだった。ジェレミーはマティーニのグラス越しに明るい笑顔を見せた。「今日はお招きにあずかり光栄ですと言っただけです。クリスマスは年に一度、世間はまだまだゲイに厳しいということを思い知らされる時期なので。シドニーも最近はずいぶん都会になってきたと思いたいけれど、実際はそうでもなくて」

「そうかな？」ニックの視線は、サラがやってくるはずの玄関ホールに注がれていた。彼女が下りてきていればの話だが。

「人のプライバシーを詮索《せんさく》するより、ほかにやることがあるのに」ジェレミーはまくしたてた。「だって、僕たちは誰も傷つけていないんですから。人が誰とセックスをしようがかまわないでしょう」

だが、傷つけているとしたら、どうなんだ？　ニックは憤慨した。誰かとベッドをともにすることで……しかも、今この瞬間にほかの誰かが胸をえぐられる思いをしているとしたら？

ニックが口を開け、手厳しいことを言おうとしたとき、待ち望んでいた光景が目の端に映った。

いらいらの元凶が得意顔のデレクを従えて足どりも軽くこちらにやってくる。ニックは腸《はらわた》が煮えくり返る思いだった。アップにしていたサラの髪が下ろされ、乱れているのも見逃さなかった。薔薇《ばら》色に上気した頬も。

「ちょっと失礼」ニックはいきなり言った。「話をしてこなければ。クロエ、お客様をテラスに案内してくれないか？　ランチはビュッフェ形式だが、テーブルに名前を書いたカードが置いてある」

クロエの顔にいやそうな表情が浮かぶのを無視してきびすを返すなり、ニックはサラに向かって大股に歩いていった。何を言うかまったく考えていなかったが、何か言わずにはいられない心境だった。

「サラ」ニックは仲むつまじい二人の前に立つや、噛《か》みつくように言った。

サラの目が、ぱっと見開かれる。

「話がある。今すぐ、二人きりで」

「でも、これからテラスでランチをいただくのでしょう？」サラはわざと甘い声で応じた。

ニックは彼女の唇に視線を据えて、歯を食いしばった。赤い口紅が前にも増して輝いている。間違いなく化粧を直したのだ。

だが、すでに揺らぎつつあるニックの自制心にとどめを刺したのは、サラがダイヤのイヤリングを外していたことだった。

「あと五分くらい食べるのを先に延ばしても大丈夫だろう」ニックはとがった声で言った。なぜ彼女がイヤリングをつけていないのかを考えると、胃がひっくり返りそうだった。

のんきに肩をすくめたサラの目に不安の色がちらついたことにニックは気づいた。

「すぐに戻るわ、ダーリン」サラは申しわけなさそうにデレクの腕をそっと撫《な》でた。「ビュッフェは外のテラスに用意されているから、先に行っていて」

「わかったよ、スウィートハート。君のも取り分けておくからね。君の好きな白ワインも」

「本当？　うれしいわ」

甘いやり取りに、ニックは吐き気すら催した。デレクが立ち去るなりサラの肘をつかみ、玄関ホールから廊下を通って書斎に向かう。

サラがニックの手を振り払おうとすると、その手にいっそう力がこもった。

「こんなに手荒に扱わなくてもいいでしょう」サラは抗議した。

ニックは何も言わずに彼女を書斎に押しこみ、乱暴にドアを閉めた。そしてサラをにらみつけた。すると、彼女は恥じ入るような顔をした。

「わかっているわ。下に来るのが遅くなって、お客様をお迎えしなかったことを怒っているのね？」

「お客様に失礼なだけでなく、恥ずかしいにもほどがあるぞ、サラ」

「恥ずかしい？　どうして？　今年のお客様の中に私の知った顔などひとりもいないのよ。すべてあなたの会社の人たちだって、フローラから聞いたわ」

「だからといって、挨拶《あいさつ》をしなくていいという道理はない。彼らには君の話もしているんだ。君に会えるのを楽しみにしているのに、姿が見えなければがっかりする。本来なら飲み物を勧めたり、会話に興じているはずなのに、君は自分の部屋で卑屈な恋人とよろしくやっていたわけだ。君にはもっとプライドと慎みがあると思っていたのに、見損なったよ」

サラは真っ赤になった。「デレクは卑屈じゃないし、それに、あなたが想像するようなことはしていないわ」

ニックはせせら笑うような声を出した。「君の格好を見れば、そうは思えない」

サラは唖然《あぜん》として、目をしばたたいた。「デレクと私が部屋で何をしようが、あなたには関係ないわ。今夜、あなたの部屋であなたがクロエと何をしようと、私には関係ないようにね。私たちはもう大人なのよ、ニック。六週間後に私は二十五歳になって、あなたはあれこれ口出しできなくなる。あなたはこの家からいなくなり、私はここで好きなようにできるのよ」

「それがいちばんうれしいのは、この僕さ」いらだちのあまり、ニックはもうどうにでもなれという気持ちになった。「僕が喜んで君の後見人になっていたと思うのか？　ろくでなしから君を守る役目が楽しかったとでも？　君に手を出すまいと自分を抑えるのがいかに大変だったか、君にはわかるまい」

言ってしまった、とニックはほぞを噛んだ。後ろ暗い秘密がとうとう白日のもとにさらされたのだ。

明らかに衝撃を受けているサラを見るのが、ニックはつらかった。一方で、気が楽になった。

「まったく気づかなかったのか？」ニックは脱力感に襲われながら尋ねた。

サラはうなずいた。「だって……何も言ってくれなかったじゃない」

ニックは苦笑した。「レイから、くれぐれも娘をよろしくと頼まれていたからな」

「私に手を出さないように？」

「世間のろくでなしから君を守るように」

「でも、あなたはろくでなしじゃないわ」

「いいや、僕こそ最低のろくでなしさ。ずっとそうだったし、これからも同じだ。君がほかの男の娘だったら、あのときに誘惑していたよ。君が十六歳のとき、チャンスがあっただろう？」

「私があなたにキスをしたとき？　あなたにもその気があったの？」

「その気があったなんてものじゃない。僕は君の年齢すら気にしていなかった。ただ、世界でただひとり尊敬している人物に、けがらわしい男だと思われたくない一心だった。君が欲しくてたまらなかったが、レイの信頼を裏切りたくなかった」

「そ、そうだったの……」

いいや、君にはわからない、とニックは胸の内でつぶやいた。サラのような天真爛漫《らんまん》で優しい人間に、こんなゆがんだ腹黒い性格は理解できないだろう。

「さあ、もう君のデレクのところへ戻りたまえ」

「彼は……私のデレクじゃないわ」

「どういうことだ？」

「デレクは恋人じゃないの。ただの友だちよ。それに彼はゲイなの」

「ゲイだって！」ニックは混乱する頭で、サラの明かしたことの意味を懸命に考えようとした。

「あなたが包み隠さず話してくれたから、私も正直に言うわ。私が今日デレクを招待したのは、ひとりになりたくなかったからなの。それに願わくは、あなたに妬《や》いてほしくて」

ニックはまじまじとサラを見つめた。

サラは今にも泣きだしそうだった。「物心ついたときから、私はずっとあなたにあこがれていたわ」

不意にニックの顔がゆがんだ。あこがれなどという言葉は聞きたくなかった。子どもの使う言葉だ。もちろん、サラはニックに比べたら、まだまだ子どもだ。彼は十三歳のころから、すでに大人だった。

「そして、まだ終わっていないのよ」サラは緑色の目をきらめかせて続けた。「もしあなたさえよければ……」

僕さえよければ？　ああ、そうできたらどんなに幸せか。だが、僕の望むものとサラが望むものは、あまりに違いすぎる。ニックはうめくように声を絞りだした。「僕は君にふさわしくないよ、サラ」彼女の愚かな申し出を断るだけの力が自分にあったことに、ニックは我ながら驚いた。

「どうして？」

「わかっているだろう。君が幼いころから、僕はなんでも話してきた。僕は人を愛せない。何度もそう言ったはずだよ」

「愛してほしいなんて言わないわ」

ニックはきつい目を向けた。「そんなふうに自分をおとしめるものじゃない。君のことはよくわかっているよ。君は愛情に満ちた結婚をして、子どもを産みたいと願っている。良心やモラルのかけらもない男とのすさんだ関係など、決して望んでいないはずだ」

「またそうやって私を突き放すのね。それがあなたの答えなの？」

「僕には相手をしてくれる女性がいくらでもいる。君は必要ない」

傷ついたサラの目を見て、ニックはこれでいいと思った。もし彼女と一線を越えてしまったら、彼女のあこがれは愛に変わる。そういうことが以前にもあったから、最近はクロエのような女性とばかりつき合っているのだ。

だが、ニックは喜んでサラを拒んだわけではなかった。事実、彼の体は早くも後悔していた。

「ふさわしい男が、いつか見つかるさ」ニックは硬い声で言った。

「思いあがるのもいい加減にして」サラはぴしゃりと言った。「私がどういう気持ちであなたに打ち明けたと思うの？　でも、もういいわ。確かにすてきな人は大勢いるもの。来年の二月に父の遺産を継いだら、恋人なんていくらでもできるわ。さあ、もうテラスに行かなくちゃ。あなたはあなたで、どうぞご勝手に！」

9

「その顔はいいことがあったのかな、それとも悪いこと？」

サラがデレクの隣の椅子を乱暴に引いて腰を下ろすと、すかさず彼がきいてきた。

「話しかけないで。腹が立って口もまともにきけないわ」

「なんと。こっそり見に行けばよかったな。ほら、ワインでも飲んで。ハンター・バレーの極上シャルドネだよ」

「アルコールだったらなんでもいいわ」サラはグラスを受け取り、ぐいとあおった。

「シーフードは好きかな？」サラのために料理を取

り分けた皿を、デレクが指した。

「今のところ、食べられるものならなんだっていいわ」

　サラは、今しがたの出来事がいまだに信じられなかった。ずっと好きだった人が私を好きでいてくれた。しかも私が十六歳のころから！

　実現することを何よりも願っていた夢が、かなう寸前だった。なのにニックはサラを拒み、二つ向こうの席に座るブルネットの魔女を選んだのだ。

「サラ」その魔女がいきなり声を張りあげた。「ニックはどこにいるの？　お料理を取ってあげたのに、食べる人がいないなんて」

　姿を現さない恋人にいらだつクロエを見て、サラはいささかうれしくなった。いい気味だわ！　「あいにく、彼がどこにいるか、私には見当もつかないの」サラはしれっと答え、またワインを飲んだ。

「でも、今まで彼と話をしていたんでしょう？」

「ええ」サラは軽く受け流すような調子で答えた。

　魔女の目が細くなる。「いったい二人で何を話していたの？　そもそも、話なんかしていないんじゃない？」

　サラはグラスを掲げたまま、目をしばたたいた。

「なんですって？」

「ばかにしないで」クロエが吐き捨てるように言った。「あなたとニックの間に何かあることはわかっているのよ。あなたをひと目見たとき、ぴんときたわ」

「何がぴんときたって、クロエ？」

　突然のニックの出現に、サラもクロエも飛びあがらんばかりに驚いた。

　サラは彼の冷たい声とまなざしに声を失った。しかしクロエのきついまなざしに変化はなかった。

「私の目は節穴じゃないのよ、ニック。あなたがやきもちを焼いたことくらい見ればわかるわ。何しろ、あなたですもの。サラみたいな魅力的と言っていい娘と何年も暮らして、いっさい手を出さないなんて、ありえないわ」

サラは目を見開き、ニックは椅子の背を両手できつく握りしめた。

「僕が後見人として面倒を見ているサラと関係を持ったと言うのか？」

「この際はっきり言うけれど、そのとおりよ」

細長いテーブル全体が静まり返ったことに、サラは気づいた。遠くからモーターボートの音が聞こえてくる。ごく近くでは、サラ自身の心臓の音が大きく響いていた。

「君が本気でそう考えているのなら」ニックが言った。「今すぐ立ち去ってくれ」

一瞬、クロエは慌てたように見えたが、すぐに苦い顔になり、椅子を引いて立ちあがった。「それがいちばんみたいね。私は裏切られてもおとなしく黙っているような女じゃないわ」

「君を裏切ったことなどない」ニックは冷ややかに応じた。

「もしそのとおりなら、それはサラが今のところデレクを選んでいるからね。彼女、最近は家に帰ってなかったでしょう。でも、気をつけてね、デレク」クロエは、さっとデレクに視線を移した。「彼女はあなたより先にニックのものだったのよ。そうでしょう、サラ？」

サラは、この魔女にニックの前から早く消えてほしかった。「そうよ、そのとおりよ」

言ったとたん、テーブルがどよめいた。クロエは意地の悪い満足げな表情を浮かべ、ニックは驚きもあらわにサラを見つめている。

「でも、あなたの言うような意味ではないわ」サラは、この魔女のせいでニックが仕事仲間の前で面目をつぶされるようなことがあってはならないと思った。「ニックのことはずっと敬愛していました。それはこれからも変わらないわ。ニックは私の保護者として、そして友人として接してくれた。だから、私もニックと同じ考えよ。もしニックがそんな卑劣な振る舞いをしたと思うのなら、あなたには帰っていただくしかないわね。私の父や私と同じくらい、ニックを敬う気持ちのない方には、この家にいてほしくないの」サラは立ちあがった。「私が玄関までお見送りするわ」

「いや」ニックが口を挟み、サラの肩にそっと手をかけた。「僕が行こう」

サラはありがたく感じながらニックを見やり、腰を下ろした。そのとき初めて、膝が震えていることに気づいた。

「幸運を祈るわ」クロエは最後にもう一度、サラをにらみつけた。「運でもなければ、無理でしょうから」

ニックに付き添われてクロエがテラスから出ていくと、デレクがゆっくりと拍手をし、ほかの客もそれにならった。

「おみごとだったよ、サラ」デレクはそっとささやいた。「でも、おかげでばれちゃったね」

サラは勢いよく振り向いた。「何が？」

「彼を好きだってことさ」

サラはため息をついた。「そんなに見えすいていた？」

「残念ながら」

「まあ、どうしましょう」

「どうってことないさ。ところで、さっきあんなに怒っていたわけを教えてほしいな。クロエが言っていたように、ニックがやきもちを焼いたのか？」

「そうよ」

「やっぱり！　彼も君を好きだったんだね？」

サラはうなずいた。「言われたときは信じられなかったわ。しかも、私が十六歳のときからだと言うのよ」

「すごいな。君も彼をずっと好きだったと、すぐに言ったんだろう？」

「ええ」

デレクは困惑顔になった。「わからないな。それなら何が問題なんだ？　まさか、僕の存在？　僕は恋人じゃないと打ち明けたんだろうね？」

「もちろんよ。すべて正直に言ったわ。あなたがゲイだということも」

「それで？」

「ニックに拒まれたの。僕は君にふさわしくないって」

「なんだって？」デレクは目を丸くした。

「私の父に、世間のろくでなしから娘を守ってくれと頼まれていたんですって。それでニックは、自分は最低のろくでなしだと言うのよ」

「君に何年も手を出さなかったことは、信頼できる男だというあかしにならないのかな？」

「ならないみたい」

「このぶんでは、さらに巧妙な手段が必要だな」デレクは考えこむように言い、続けた。「サラ、今夜――」

「やめて、デレク」サラは遮った。「言わないで」

「あきらめるのかい？」デレクが気落ちした声を出した。

「いいえ、ちゃんと前に進むわ。ニックも同じよ。彼は早くこの家から出ていきたいんですって」

「君のそばにいると、自分を抑えられないからさ。君に追いつめられて逃げだそうとしているんだ」

「じゃあ、もう逃がしてあげるわ。私たちは終わったのよ」

「始まってもいないのに、終われるわけがない」

「もうこの話はおしまいにして、食事にしない？」

デレクは肩をすくめ、海老《えび》を食べ始めた。

サラもなんとか食べ物を喉に通そうとしていると、ニックが戻ってきた。彼がクロエの椅子や皿を片づけて席につく間、サラはフォークを握りしめていた。

「さっきはすまなかった、サラ」ニックはぼそぼそと言いながらナプキンを膝の上に広げた。「礼を言うよ、僕を弁護してくれて」

「それには及ばないわ。あんなことを言うクロエが悪いんだもの」

「そうだな。だが、彼女の気持ちもわかるよ。人間、嫉妬《しっと》に駆られると愚かなまねをしてしまうからな」

「そうね、こんなばかなお芝居をしたばかりに。本当にごめんなさい、ニック」

「君のことを言ったんじゃない。僕は自分のことを言ったんだ」

二人の目が合った。

「あなたが嫉妬を？」サラは驚いて尋ねた。

「もうその話はやめよう、サラ」ニックは彼女を諭した。「いいね？」

厳しい声に加え、冷たい視線まで注がれ、サラは観念した。「わかったわ」

「よし。じゃあ、今日起こったことはすべて忘れて、ランチを楽しもう」

ニックが、さもおいしそうに料理を口に運ぶのを見て、サラは唖然《あぜん》とした。さらに右隣の男性と楽しげなおしゃべりまで始めたので、信じられない思いがした。平気なふりをしているだけかしら？　それとも本当に動じていないの？　クロエとは半年間つき合った仲なのに、一瞬にして過去に葬ってしまったの？　もともとクロエのことをなんとも思っていなかったのかしら？　本人の言うとおり、やっぱりニックはろくでなしなのかもしれない。

サラはニックが生《なま》牡蠣《がき》を食べるところを盗み見た。彼は殻ごと口に運んで、上を向いて牡蠣の身を口の中へ滑りこませ、おいしそうに唇をなめた。

いつの間にかサラも同じようにしていた。急に乾きを感じ、唇に舌を走らせていたのだ。そのとき、ニックがサラのほうに顔を向けたので、彼女はどきっとした。

ニックはサラの濡《ぬ》れた唇を見つめ、ゆがんだ笑みを浮かべた。「どうにもやめられないらしいな」

「な、何を？」

「僕の気を引くことさ。ごまかしても無駄だよ。今日君がしてきたことは、すべてこの瞬間のためだったんだろう？　よくやった。君の勝ちだ。でも明日の朝には、それが勝利だったと言えるかどうか」

「どういうこと？」

「警告したはずだよ」ニックの顔に不可解な冷笑が浮かんだ。「どうしても火遊びをするつもりなら、それ相応の覚悟が必要だと」

10

それからというもの、ニックの挑発的な言葉が何を意味するのか、サラは気になってしかたがなかった。

何度か探ろうと試みたが、ニックは相手にしてくれず、はぐらかし続けた。

ランチが終わると、サラは接客を任された。プールサイドでコーヒーが振る舞われ、そのあとで水着に着替えて泳ぐ客もいた。それに加わったニックに黒いビキニパンツ姿を見せつけられ、サラは高ぶった気持ちを休ませる暇もなかった。

同じころ、デレクの携帯電話に母親から連絡が入り、父親の気が変わって、やはりクリスマスは一緒に過ごしたいと知らせてきた。すると、デレクは喜び勇んでタクシーを呼び、帰ってしまった。デレクのためにはよかったと思うものの、サラの孤独感といらだちはいっそう増した。いたたまれなくなって彼女はパーティを抜けだし、自室に逃げこんだ。

ところが、下からにぎやかな声が聞こえてきて、心が安らぐどころではなかった。あんなことを言っておきながら私を無視するなんて、ひどい人。とうとうサラはひとりでいるのに耐えられなくなり、バルコニーに出た。そこからはプールで泳ぐニックの姿がはっきりと見えた。

サラが見ていることは知っているはずなのに、ニックは彼女を無視し続け、延々と泳いでいた。十五分ほどたったころ、ようやく彼はプールから上がった。タオルをつかんで肩にかけ、サラのほうを見やってから、テラスの階段を上がって日よけの下に入った。

すべての感覚が反応し、サラは身をこわばらせた。彼は二階に上がってこようとしている。着替えるため、あるいは、ほかの目的で。

サラはバルコニーの手すりを握りしめた。ニックがあの挑発的な言葉の意味を明らかにするために上がってくるのではないかと思うと、血がたぎった。しかし、まだ大勢の客が家にいるのに、そんなことをするはずはない、とサラは自分に言い聞かせた。

でも、彼はろくでなしだと言わなかった？

ニックが部屋に入ってくる物音は聞こえなかったが、サラはその気配を全身で感じ取った。そしてさっと身をひるがえすと、ニックがバルコニーの戸口に立っていた。両足を広げてしっかりと立ち、両わきに垂らした手はこぶしを握りしめている。タオルはもう肩にかかっていなかった。

水着姿のニックなら、何度も見たことがある。けれど自分の部屋の中で見たことはないし、彼の表情も初めて見るものだった。

漆黒の瞳から放たれる欲望のすさまじさに、サラは思わず身を震わせた。

「こっちへ来るんだ」ニックが迫力のある声で命じた。

衝撃と恐怖に、サラは動けなかった。

ニックが一糸まとわぬ姿になり、欲望のあかしを見せつけると、サラは息をのんだ。心臓が早鐘を打ちだし、頭がくらくらする。

「来るんだ」重々しい声でニックが繰り返した。

サラは夢遊病者のようにふらふらとバルコニーを離れた。口の中が乾き、心臓が跳ねている。ニックの近くまで行くと、彼はサラのほてった顔を両手で包み、目を見つめながら頭を下げていった。

ニックはゆっくりとサラの唇に舌を這《は》わせた。信じられないほど官能的な感覚に、サラは目を閉じて小さなうめき声をもらした。

次の瞬間、いきなり濃厚なキスが始まり、サラはあえいだ。驚いたものの、彼女はすぐに彼のキスをもっと深く受け入れたくなった。ニックを喜ばせたい。そして、自分のものにしたい。

不意にニックが唇を離した。サラは困惑し、ぱっと目を開けた。するとニックは両手をサラの肩に置き、彼女をひざまずかせた。

サラがショックを受けたのは、ほんの一瞬だった。これが彼の求めるものなら、私は精いっぱい満たしてあげたい。

プールから上がったばかりの彼は、清潔で少し塩からい味がした。しかし、そんなことはどうでもよかった。あまりにも長い間、彼に求められたいと願ってきたせいか、今はどんなことでもできる気がした。これまで秘められていた激情が、ついに解き放たれるときが訪れたのだ。

それからしばらくして、ニックは声をあげて果てた。彼が達するまでどれくらいかかったのか、無我夢中だったサラにはわからなかった。

　わかるのは、ニックがのぼりつめたことがうれしくて、自分が今、幸せな気分に浸っていることだけだ。

　サラはニックを見あげた。自分のしたことに、まだ興奮が冷めやらない。体に火がついたようで、分別をなくしてしまいそうだ。彼がろくでなしでもかまわない。利用されているだけでもいい。こんなに気持ちが高ぶったのは、生まれて初めてだった。

「もうあと戻りはできないよ」ニックはかすれた声で言い、サラを立ちあがらせた。

　サラは何も言えず、ただニックを見つめるばかりだった。

　ニックはぎらぎらと光る目で見つめ返した。「今日、君にこうされると、僕はわかっていたような気がするよ」

「こうされるって？」

「一線を越えさせられるという意味さ。君は自分のしていることがわかっているつもりだろうが、本当はわかっていない」

「私は子どもじゃないわ、ニック」

　彼は笑った。「いや、僕に比べれば子どもさ。だが、それが君の魅力だ。無邪気なところにそそられる。世間には僕みたいな男がいて、どれほど簡単に君を誘惑できるかをわからせるだけでも、価値があるんじゃないかと思う。僕たちの関係が終わるころには、自分を守れるだけの術《すべ》を身につけてくれていればいいが」

「私はそこまで無邪気じゃないわ」サラは言い返した。

「そうかな？　男に奉仕する方法を知っているからか？」

　サラの顔が紅潮した。

「よくなかったと言っているんじゃないよ」ニックは優しい手つきで彼女の頬を撫《な》でた。「だが、もっと上手になるよう、僕が教えてあげるよ」

彼の手がサラの口もとをさまよい、人さし指が口の中に分け入った。

「たいていの男は、ファーストフードを食べるみたいにがつがつされるのは好まない」ニックは言いながら、サラの舌の上を指でなぞった。「こつをのみこんでしまえば何度だってできる。君は夜どおし愛を交わしたことがあるかい、サラ？」

ついそうした場面を想像してしまい、サラは背筋がぞくぞくした。

「ないようだな」ニックは甘い声で言い、彼女の大きく見開かれた目を見て、満足げな笑みを浮かべた。

続いてニックが指を引き抜くと、なぜかサラは取り残されたような気がした。

「けれど、今夜はそうなるよ、スウィートハート」ニックは請け合った。「今夜、僕は君を未知の世界へ連れていく。君もそれを望んでいるんだろう、サラ？　断るのなら、今が最後のチャンスだ」

彼の目をサラは食い入るように見つめた。今さらながら、ニックに逆らえないという事実が怖くなった。しかし、怖さよりも欲望のほうが勝った。

「じゃあ、決まりだ」無言のサラを前に、ニックはきっぱりと言った。「結果がどうなろうと、受け入れなくてはいけないよ」

「結果って？」

「いつの日か僕が君に飽きたら、君がほかの女性たちと同じ道をたどるということだ」

ニックの声はあまりに冷ややかで、恐ろしくなるほどだった。

「私を脅かして、気持ちを変えさせるつもり？」

ニックは乾いた笑い声をあげた。「まさか。君のすばらしい体を、少なくとも夏休みの終わりまで毎日好きにできるチャンスをふいにするものか。僕はただ、自分の気持ちにうそをついてまで女性とつき合い続けることができないんだ。クロエも承知していた。今度は君が承知する番だ」

「私があなたの新しい恋人になったと、フローラに言ってもいい？」

たちまちニックは顔を曇らせた。「だめに決まっているだろう！」

「そうだと思った。秘密にしておきたいのね？」

「僕にだってプライドはある。君もだろう？」ニックは挑むように言った。

サラは顎を上げた。「まあね」

「だったら、お互い合意のうえでの秘密だ。それがいやなら、まだやめることもできる。さっきの行為程度では、関係を結んだとは言えないからね」

ぬけぬけと言われ、サラは息をのんだ。「あなたって、もしかして本当にひどい人なのかしら？」

「忠告したはずだ。さあ、どうする？ 僕は今すぐにでも、君を残してこの家を出ていける。でなければ……」

ニックがベッドに近づいた。ピンクのキルトの上に、デレクからのプレゼントが広げられている。露出度の高い、黒のサテンとレースのボディスーツだ。ニックにやきもちを焼かせようというデレクのもくろみの一環だった。

ニックはボディスーツを手に取り、品定めをした。「今夜、これとダイヤのイヤリングだけを身につけて、僕の部屋に来るかい？」

なんてけがらわしい人だろう、とサラは思おうとした。そして、自分自身のことも。しかし無駄だった。サラはすっかり興奮し、ニックに言われたとおりに自分を差しだすのが待ち遠しかった。

こんなふうになるなんて、長い間ロマンティックな夢を見続けたせいかしら？

でも、ニックが差しだそうとしているのは甘いロマンスではなく、数週間の体の関係だけ。それも、私が経験したことのないような……。その点はニックの言うとおりだった。これまでサラがつき合った相手はみな若く、未熟だった。ニックの話を聞いていると、彼が言う〝未知の世界〟とはどんなものか、想像せずにはいられなかった。

「今夜の何時に行けばいいの？」サラはまっすぐに彼の目を見て尋ねた。

無理強いしたなどと、サラはニックに思わせたくなかった。私は自らの意志で彼のところへ行くのだ。怖くなんかない。

ニックはゆがんだ笑みを浮かべた。「君は気骨のある女性だと思っていたよ、サラ。そういうところも魅力的だ。じゃあ、九時でいいかな？　そのころには、もうフローラとジムも彼らの住まいに帰っているだろう」

「九時ね」サラは痛々しい声で念を押した。「まだ四時間以上もあるわ」

「ああ、そうだ。だが、待つほうがいいんだよ。さて、僕は着替えてくるよ」ニックはかがんで水着とタオルを拾いあげた。「君は下へ行ったらどうかな。そろそろ客が、僕らがどこへ行ったのだろうと気にするころだ。クロエの指摘はあながち的外れじゃないと怪しむかもしれない。ただし、口紅は直していったほうがいい」

部屋を出ていくニックの後ろ姿を、サラはじっと見つめていた。それから身をひるがえしてバスルームに駆けこんだ。

11

「もうクロエとは終わりだと思っていましたよ」その夜、最後の汚れ物を食器洗い機に入れながら、フローラが言った。「でも、まさかクリスマス当日に別れるとはね」

座ってコーヒーを飲んでいたサラは、ちらりと目を上げた。壁の時計が八時二十二分を指している。

「ニックの女好きは困ったものだけれど」フローラがまくしたてる。「そんなに冷たいとは」

「招待客の前で私と関係を持っているなんて責められたのだから、しかたがないわ」サラはニックをかばった。

「そうですかね」フローラが顔をしかめた。「その場にいなかったのが残念です。ジムと私がクリスマス・ランチは自室でとろうと決めた最初の年に、そんなおもしろい事件が起こるなんて。いったい、どうしてそんなことに？」

サラは肩をすくめた。「さあ。いきなりクロエがそんなことを言いだしたのよ。びっくりしたわ」

「今日のあなたがすばらしくきれいだったからに違いありません。クロエは嫉妬《しっと》で頭に血がのぼったんですよ」

「ニックもそう言っていたわ」

「会社の人の前でとんでもないことを言われて、さぞニックはおかんむりだったでしょう。でも、クロエをいさめたのはあなたなんですってね、サラ」

「誰に聞いたの？」サラはフローラがあらぬ想像を広げないよう、詳しいことは話さないようにしていた。

「ケータリングのウエイターです。これまで注文を受けたクリスマス・ランチの中で、いちばんおもしろかったそうですよ」

「まったく恥ずかしいわ。来年はぜひ違う形でやりたいものね」

サラは言ったあとですぐに悔やんだ。来年のことなんか考えたくない。今夜のことしか……。

しかし、いったん考えてしまうと、頭から離れなかった。ニックの言うとおりだとすれば、来年のクリスマスには、サラは彼の生活からもベッドからも消えていることになる。

「お考えに変わりはありませんよね？」

突然フローラに尋ねられて面食らい、サラはきき返した。「なんのこと？」

「来年は温かいお料理をつくらせてもらう話ですよ。古くさいかもしれませんが、七面鳥とプラムのプディングがなければクリスマスという感じがしません。ニックも七面鳥は好きだから、文句は言わないと思いますよ」

「ニックは来年はいないと思うわ」サラはややぎこちない口調で言った。

「どうしてです？」フローラはけげんな顔をした。

「彼は二月にここを出ていくの」

「別にいいじゃありませんか、クリスマスに招待すれば。あなた方は家族も同然なんですから」

「ニックは来たくないんじゃないかしら」

「ばかなことを！　ニックはここでクリスマスを祝うのが大好きなんです。ハッピーアイランドにリゾートを建設中のときも、毎年クリスマスには帰ってきていました。それに出ていくにしても、結婚して家庭を持つわけでもあるまいし」

「そうね」サラは寂しげに言い、コーヒーのカップに視線を落とした。「ニックが結婚するなんて、ありえないでしょうね」

だから、そんな望みをいだくのはおやめなさい。

内なる声がサラをいさめた。どんなにニックを愛しても、彼は愛してくれない。いっときのお楽しみの相手にされるだけよ。

そのお楽しみにも飽きがくれば、新しい恋人に取って代わられる。それがニックの流儀で、変わることはない。

「ところで、ニックはどこにいるんです？」フローラがきいた。

「少し前に二階に上がったわ」サラは落ち着いた声で答えた。「疲れたんですって」

「それ、もう飲み終わりました？」フローラがサラのマグカップに手を伸ばした。

サラはそれを家政婦に渡した。「そろそろ私もやすむわ」今度は声に硬さが出る。「長い一日だったから」

「八時半にすてきな映画がありますよ」フローラが言った。「私の好きな俳優が出ているの。とてもかっこいいんですよ」

「そう」サラはスツールから下りた。でも、これから私が一夜をともにしようとしている人のほうが、ずっとかっこいいでしょうね。「おやすみなさい、フローラ。朝食はいらないわ。明日はゆっくり寝ていようと思うの。疲れたでしょうから、あなたもそうしてね」

「ええ。ニックの朝食はどうします？」

「適当に食べるよう言っておくわ。まだ眠ってはいないでしょうから」

「ああ、サラ、言っておきますが、今日のあなたは本当にすてきでしたよ。来年のクリスマスには本物の恋人を連れてくること請け合いね。婚約までしているかも。そういえば、デレクとは何か進展がありました？」

「いいえ。彼とはそういう仲じゃないから」

「まあ、残念。でも、男性は星の数ほどいますからね。じゃあ、おやすみなさい、サラ」

「おやすみなさい、フローラ。映画を楽しんでね」

「ええ、そうします」

サラの落ち着きは、キッチンを出るとたちまち失われた。

「自分が何をしているか、わかっているの？」ひとり言をつぶやきながら階段を上がるうちに、サラは足が震えてくるのがわかった。「あなたが傷つくだけよ。わかっているんでしょうね？」

　サラはニックの部屋の前で止まり、ノックをしようと手を上げた。なんと言えばいいのかまったくわからないが、断りの言葉が頭に浮かんだ。

　しかしそのとき、シャワーの水音が聞こえてきた。ニックが私を迎える準備をしている。そう思ったとたん、サラの脳裏に、シャワーの下に立ち、泡のついたスポンジでゆっくりと体を洗っている彼の姿が浮かんだ。想像の中の彼は、すでに彼女を求めて高ぶっていた。

　求められていると思うと、サラはたまらなくなった。何年もの間、こんなふうに彼に求めてほしいと思い続けてきたのだ。

　今、ここで彼に背を向けるなんてできない。自分の欲望に目をつぶることも。

　サラは上げていた手を静かに下ろし、よろめくように彼の部屋を離れ、自室に向かった。


　ニックは熱いシャワーの下でうつむき、タイルの壁に両手をついていた。

　まだ三十分もあるのに、もう体がうずいている。

　彼は歯を食いしばり、シャワーの栓をひねって水にした。十分後、体の高ぶりはしずめることができたが、心はままならなかった。

　こんなのは間違っているぞ、ニック。自分を責めたてる声がどこからか聞こえてくる。サラはおまえを愛している。少なくとも愛していると思っている。

「おまえは、とことん卑劣なやつだ」ニックは声に出して自分に毒づいた。ゆがんだ笑みを浮かべてシャワーの下から出て、タオルをつかむ。「いつものことだろう、ニック？」

とはいえ、彼はできる限りの逃げ道をサラに示した。脅かして気持ちを変えさせようとしていると指摘されたが、図星だ。サラの肩を押してひざまずかせたとき、大慌てで逃げだすものと思っていた。しかし彼女は逃げなかった。

もちろん、サラに対する欲望は、長きにわたって積もり積もったものだ。それを考えれば、今日の午後、自分を抑えきれなくなったのも無理はない。

しかし、自分を制御できないという状況にニックは不安をいだいていた。彼女の口に含まれた瞬間、自制心がすべて吹き飛んでしまった。そんな自分が腹立たしい。

ニックはバスルームの鏡に映った自分を見つめ、今夜はそうはなるまいと心に誓った。いつもの冷静な自分に戻り、じっくりと彼女を官能の世界へといざなおう。

しかし朝になれば、サラは僕の本性を思い知るだろう。女性を自分の快楽のためだけに利用する冷血漢だと。そして、世間や男というものがいかに危険かを学ぶだろう。

それこそ彼女を守ることに通じるのかもしれない。とはいえ、サラに対して、ニックはそういうひねくれた言動ばかりしてきた。サラがまだ子どもと言ってもいいころから彼女に欲望をいだき、いけないとわかっていても、打ち消すことはできなかった。

だから、こうなるのは避けられない運命だったのだ。そう思いながら、ニックは体をふいた。むしろ意外なのは、これほど長い間、サラへの欲望を抑えてこられたということだ。

九時ちょうど、サラは再びニックの部屋の前に立った。手の甲が真っ白になるほど固くこぶしを握りしめ、ノックする勇気を奮い起こそうとしていた。

黒のボディスーツは完璧《かんぺき》にフィットし、体の曲線を際立たせている。レースのブラジャー部分は深くくれて、今にも胸のふくらみが見えそうだ。ヒップを包むレースは透けていて、ハイレグの部分はことさらきわどく見える。とりわけぎょっとしたのは、背中の部分がほとんどないことだった。ウエストのやや上のあたりに数センチ幅の布地が渡されているだけで、その下はTバックのショーツになっていた。

突然ドアが開き、サラは息をのんだ。腰にダークレッドのタオルを巻いただけのニックが、憂いを帯びた表情で立っていた。

しかし、サラをひととおり眺めたあと、ニックの目は一変した。彼女がずっと見たいと願い続けていた、あの強烈な欲望がそこに映っていた。

「すてきだろうとは思っていたが、予想以上だ。それに、すごくセクシーだ」

そう言うあなたこそ、最高にセクシーだわ。

そう思ったとき、彼が眉をひそめてため息をついたので、サラは不安に駆られた。

「君のおかげで、苦労の多い人生だったよ、サラ」

「私だって、あなたのせいで苦労したわ」勇ましく返したサラだが、内心震えていた。

ニックは彼女の右手を取り、部屋に引き入れると、足でドアを閉めた。「決意は変わらなかったようだね」淡々と言いながら、ベッドへといざなう。

「変わっていたら、こんなものは着ていないでしょう?」大胆なふりを装って言ったものの、サラの視線は不安げにあちこちをさまよった。

ベッドの赤いキルトが折り返され、黒いサテンのシーツが柔らかな赤の照明を受けて輝いていた。

「震えているね」ニックが言った。

「そう？」

「ああ、わかるよ」ニックはため息をつき、つかの間、目を閉じた。「これからどうすればいい？」

「愛して。約束どおりひと晩じゅう」

ニックはサラを見すえた。「いいや、サラ。それはできない」

サラはとたんに気持ちが沈んだ。

「ここでは体を重ねるだけだ。愛とは違う。僕が女性と愛を交わすことはない」ニックは冷笑を浮かべ、サラをベッドの上に押し倒していった。「もちろん、すばらしいセックスにはなるが」

頭と肩がサテンの枕《まくら》に触れると、サラの心に安《あん》堵《ど》と興奮の波が押し寄せた。今はなんと言われてもいい。何を言われようと、思い直したりはしないわ。

サラにしてみれば、愛を交わすことに変わりはなく、人生最高の夜になると確信していた。

ほてった肌に、ひんやりとしたサテンのシーツが心地よい。だが、ニックのまなざしも冷ややかで、ついさっき見たと思った熱い欲望はもう見いだせなかった。

「リラックスして」言いながらニックは体を起こした。

「私……少し緊張しているみたい」

サラが正直に言ったとき、ニックもベッドに上がった。

「ああ、見ればわかるよ」ニックは横向きになり、深くくれた胸もとを指先でなぞった。

サラは全身に鳥肌が立つのがわかった。再び指でなぞられ、指先が胸の先端近くをかすめたときには、思わず身をこわばらせた。

「胸がとても感じやすいみたいだね」

サラはどぎまぎした。ニックの言葉を聞くだけで、胸がどきどきする。かつてつき合っていた相手は誰もこういう場面では何もしゃべらず、黙々と事を進めるだけだった。

サラはためていた息を、ようやく吐いた。「さ、さあ、どうかしら?」頭がぼうっとする。

「じゃあ、確かめてみよう」

ニックが肩ひもを浮かせてゆっくりと下ろし、レースのカップに包まれていたふくらみをあらわにする間、サラは息を殺していた。

「すばらしい味だ」ニックは右の胸の頂に舌を這《は》わせ、嘆息した。

あまりの気持ちよさに、サラは声をもらすまいと歯を食いしばった。しかし、頂を口に含まれると、もはや声を抑えることはできなかった。そして歯を立てられたときには、身をよじってすすり泣きにも似た声をもらした。

いったん頭を上げたニックの目は今やぎらぎらと輝いていた。「このランジェリーをまとった君はすてきだけれど、取ればもっとすてきになる」

サラは息をのんだ。もはや何も言えなかった。

ニックがボディスーツをはいでいき、足から抜いて無造作にほうり投げる。サラの秘めやかな部分があらわになり、そこにレーザー光線のように鋭いまなざしが注がれた。

「見ているだけでぞくぞくするよ」ニックはサラのなめらかな腹部を撫《な》でたあと、すでに潤っている脚の付け根にそっと触れた。

サラは身をよじり、くぐもった声をもらした。

「本当にきれいだ」

ニックはありとあらゆる場所を探っていく。彼の愛撫《あいぶ》が深くなるにつれ、自分でも知らなかった感じやすい場所を次々と開発され、サラはもどかしげに腰を浮かせて、いやいやをするようにかぶりを振った。その間にも体はクライマックスへと向かい、サラは大きく見開いた目で彼に訴えかけた。

「いいんだよ、サラ」息を乱しながらニックがささやいた。「君がのぼりつめるところを見たいんだ」

悩ましい言葉に、悩ましい視線。とうとうサラは絶頂を極め、果てしない歓喜の世界をさまよった。

しばらくして我に返ると、乱れた姿をニックに見られたいと思っていたわけではないことに、サラは気づいた。だが、それもつかの間、ニックがキスをしてきた。唇をついばむかのように、優しく。

「心配しないで」キスの合間にニックがつぶやく。「君はがちがちになっていたから、まずリラックスさせたかった。次は……君の中に入るよ。そのほうがもっとすばらしい」

サラが目をしばたたいて見あげたので、ニックは見つめ返した。口の端を少し上げ、皮肉めいた笑みを浮かべる。

「信じていないのかい？」

「いいえ」サラは強い調子で否定した。「信じているわ」

「じゃあ、どうしたんだ？」

「あの……こんなことを言って悪いんだけれど、先へ進む前に、大丈夫なのかと思って。つまり……わかるでしょう？」しどろもどろになっている自分が、サラはうらめしかった。「あなたは、これまで多くの女性とおつき合いしてきたのだから」

ニックは眉を寄せた。「サラ、僕が君を妊娠させるような危険を冒すと、本気で思っているのか？」

「いえ、そうじゃないわ」サラは言った。「ピルをのんでいるから」

「なるほど。それでも避妊具を使ってほしいと？」

「私だって、何も知らない愚か者じゃないわ」サラは言い、胸の内でつけ加えた。こうしてニックの寝室に来たことは、愚かな女のすることかもしれないけれど。

「心配はいらないよ、きちんとするから。ちょっと待っていてくれ、スウィートハート。君のニックおじさんが、いいと言うまで」

「そんな言い方はやめて！」強い口調で言いながらも、ニックに胸をさわられ、サラはあえぎ声をもらしそうになった。ああ、この人はなんて上手なのかしら。「私たち、何も悪いことをしているわけじゃないんだから」

「何を悪いことと考えるかによるな」女性を知り尽くしたニックの手がここぞとばかりにサラの胸を攻めたてた。「だが、そんなことはどうでもいい。今日の午後、話したとおりだ。もう引き返せないところまで来てしまったんだよ」

ニックの手がゆっくりとサラのおなかを滑り、再び脚の付け根に達した。

「ああ……また戻れないところまで来てしまったみたい」サラがあえぐ。

「こんなに早く？」

たまらずにサラは身をよじった。敏感になった体はもう限界に達しかけている。「お願い、やめて」

ニックは手を止め、荒い息をしているサラを残してベッドから滑り下り、サイドテーブルの引き出しを開けた。それから避妊具を取りだしてすばやく装着すると、ベッドに戻ってきた。

彼は決して急がず、サラの求めていた形で覆いかぶさってきた。彼女はほっとした。愛する人とひとつになるときは、その顔を見つめていたかった。ずっと夢見てきたように、しっかりと抱きしめたかった。

ついにニックとひとつになったとき、サラは声をあげないよう心がけた。しかしこらえきれず、あえぎ声がもれた。自分を見失ってはだめよと言い聞かせながらも、涙があふれそうになる。

「大丈夫かい？」ニックが気遣わしげに尋ね、サラの顔にかかった髪を払って、緑色の目をのぞきこんだ。「つらくないかい？」

　なんという皮肉な言葉だろう、とサラは思った。

「いえ、大丈夫よ」声をうわずらせながらも、彼女は言いきった。「お願い、キスをして。たくさんキスをしてもらうのが好きなの」心配そうな顔でニックに見つめられたくない一心で言う。

「わかった」ニックはすぐさま頭を下げた。

　サラが何も知らなければ、本物の愛情がこもっていると錯覚しそうなキスだった。

　情熱的で、激しくて、胸が引き裂かれそうなキス。キスのリズムに合わせて彼が動き始めると、デリケートな感情は情熱に押し流された。彼が動くたび、サラの中で欲望が渦巻き、高みへと押しあげられていく。すばらしいけれど、つらくもあった。早くのぼりつめてしまいたい。しかし、絶頂はなかなか訪れなかった。体だけが熱くなり、鼓動が速まり、とうとう口を離さずにはいられなくなった。

「助けて、ニック」サラは荒い息をつき、すすり泣くような声で訴えた。

「僕を見て」ニックは動きを止め、サラの顔を両手で包んだ。

　サラは混乱した目で彼を見あげ、大きく肩で息をした。

「僕の背中に脚を巻きつけてごらん」ニックが促した。「僕の動きに合わせて腰を浮かせたり沈めたりするんだ。慌てることはないよ、サラ。僕の目を見て、僕を信じて、ついておいで」

　僕の目を見て……。サラはニックの言葉を胸の内で繰り返した。

　そう、私が見ていたいのは、彼の目だけ。

　僕を信じて……。

　ああ、そうできたらどんなにいいか。

　こんなことをするべきではなかった。サラが素直に従うのを見て、ニックは悔やんだ。ベッドでこれほど女性に優しくしたのは、いつ以来だろう？

いつから僕は、こんなに優しくなったんだ？

自分が信じられない。人格が変わったのかと思うほどだ。

しかし、そんなことはありえない。僕が変わることなどない。すぐ元の僕に戻るだろう。

とはいえ、ひと晩ではとても戻りそうになかった。ニックが動きを速めると、サラも懸命に合わせた。彼女の目にすがりつくような感情が浮かぶ。

サラのクライマックスはあまりに激しく、さしものニックも引きずられそうになった。どうにかこらえたものの、サラの顔に驚きと歓喜の入りまじったなまめかしい表情が浮かぶのを見て、ニックは心を揺さぶられた。女性のこんな表情を見るのは初めてだった。そうした女性の心にぴたりと寄り添ったことも。

やがてニックもこらえきれなくなり、自らを解き放った。そして、その強烈さと、サラに抱きしめられたときに覚えた深い感銘に、彼は驚いた。

「ああ、ニック」サラは彼の首筋に頬をすり寄せた。

「私のいとしい人……」

ニックは何も言わなかった。言えなかった。

これほど動揺したことはなかった。ひとつわかるのは、サラに〝いとしい人〟と言われたときに感じた気持ちを味わうのは初めてだということだった。その言葉はニックの魂にまで届いた。ひねくれた魂の持ち主である自分に、そんな感傷的な言葉は不釣り合いだと思ったにもかかわらず。

サラに寄り添うように横たわっているうちに、はっきりしてきたことがあった。サラを遠ざけたいという気持ちがなくなったことだ。

そうなると今夜のこれからの予定も変わってくる、

とニックは胸の内でつぶやいた。

思いがけず発見した自分のロマンティックな一面が、これからもずっと続くとはとうてい思えない。それでも、今のところは、この感情にあらがえそうになかった。早くサラともう一度肌を合わせ、彼女の目の輝きを見てみたかった。

だが、ニックにはその前にやらなければならないことがあった。彼はサラの腕をそっとほどいてバスルームに向かい、全身をきれいに洗ってからベッドに戻った。そして、サラにキスをして、もう一度彼女を至福の境地へいざなおうと思ったとき、ベッドわきの電話が鳴りだした。

12

サラは電話の音で目が覚めた。一瞬どこにいるのかわからなかった。しかし、ニックの体とじかに触れ合っている感触で頭がはっきりし、すべてがよみがえった。

あのとんでもないボディスーツを着て、彼の部屋に来たこと。

ベッドまで運ばれ、愛を交わしたこと。

彼を〝いとしい人〟と呼んだこと。

電話は鳴り続け、ニックがため息をついて寝返りを打ち、手を伸ばした。

だめ、取らないで。サラはとっさに願った。

しかしニックは、すでに受話器を耳に当てていた。

「もしもし？」ニックが言う。

　サラは上掛けを胸もとに引き寄せ、髪を払いながら半身を起こした。クロエがあらん限りの謝罪の言葉を連ね、よりを戻そうと懇願しているのでなければいいけれど。

「いつから？」ニックが気遣わしげな声で尋ねた。

「どれくらいひどいんだ？」

　相手が誰かも、なんの話かもわからないが、クロエではなさそうだ。サラはほっとした。

「いや、ジム、あなたの言うとおりだと思う。フローラの言うことには耳を貸すな。今すぐ病院に行くべきだ」

　サラは息をのんだ。フローラに何かあったのだ。

「救急車を待っている暇はない」ニックが決然とした口調で言った。「フローラをロールス・ロイスに乗せてくれ。僕が運転して聖ビンセント病院へ連れていく。すぐに支度をする」

　受話器をたたきつけるように置き、ニックは上掛けをはねのけて飛び起きた。

「フローラが、胸が痛いと言っているらしい」ニックはつかつかと衣装室に入っていった。「僕が病院に連れていく」

「私も行ってもいい？」不安のあまりサラは胸が苦しくなった。

「いや、君は支度に時間がかかる」ニックは早くもジーンズをはき、手に青いストライプのシャツを持って寝室に戻ってきた。

「でも――」

「無理を言うもんじゃないよ、サラ」ニックはシャツの袖《そで》に腕を通した。「病院から電話する」

　ニックは飛ぶように部屋を出ていった。階段を駆け下りる音が聞こえ、すぐに何も聞こえなくなった。

　サラの背筋を冷たいものが走り、吐き気さえ催した。フローラは心臓発作を起こしかけているのかもしれない。万一の場合もありうる。

　父が心臓発作を起こしたときのなんとも言えない気持ちが、サラの脳裏によみがえった。あのときは母に続いて父まで亡くすという精神的な苦痛に加え、父にお別れの言葉もかけられず、大好きよとさえ言えず、深い後悔の念に襲われた。

　フローラは肉親ではないが、心から愛している。ニックが一緒に連れていってくれなかったことは残念だけれど、今から着替えて自分の車で病院に行くことはできる。

　そう思うや、サラは電光石火のごとくベッドを飛びだし、自室へ走った。

　ニックほどの早業ではなかったが、サラは十分以内に支度を終えた。ところが、家の戸締まりをするのに、さらに十分かかった。

　ずいぶん昔に母が入院したとき以来だったため、道がよくわからず、病院へ行き着くまでも苦労した。

　ようやく病院の敷地に入ると、救急病棟から遠くないところに駐車する場所を見つけ、車を止めた。

　待合室に入ったとき、携帯電話が鳴った。

　ニックに違いない。サラは急いでハンドバッグから取りだし、通話ボタンを押した。「ニック？」

「いったいどこにいるんだ？」

　すぐさまニックのぼやく声が聞こえてきた。

「家にかけたのに、誰も出なかった」

「じっとしていられなかったのよ。だから急いで支度をして、自分の車で病院に来たの。今、救急病棟の待合室に着いたところよ。フローラの具合はどうなの？」

「そう悪くはない。病院が迅速に、血液の濃度を下げる薬を投与してくれた。そのあとで心電図モニターをつないだ。医者の見立てでは、おそらく狭心症でとどまっているんじゃないかということだ」

「でも、狭心症から心筋梗塞《こうそく》になる場合もあるんでしょう？」

「ああ。だが、今は少なくとも、検査も適切な処置も受けられるところにいるから安心だ。フローラは医者や病院が大嫌いだが、状態がはっきりするまで、最低二日間は入院させるつもりだ。ここの心臓外科の権威をおじに持つ仕事仲間がいるんだ。だから電話をしておいた。救急医の処置が終わったら、個室に移してもらい、明日の朝、その権威に診察してもらう」

サラは緊張がゆるんでいくのを感じた。「よかったわ、ニック。ジムはどうしている？」

「正直言って、あんなに不安そうなジムは見たことがないね」ニックは声をひそめた。「真っ青な顔でフローラに付き添っている。せめて紅茶とケーキでもおなかに入れさせたいんだが、まだショックから立ち直れないでいるから、難しいだろうな。とにかく、すぐに行くからそこで待っていてくれ。三人でここのカフェテリアに行こう」

「その前にフローラの様子を見られないかしら？　どうしても会いたいの」

大好きよ、とフローラに伝えたい。実家に戻ることも。サラは近くの小学校に転属願を出すつもりだった。転属が無理なら、地元の幼稚園で仕事を見つけてもいい。教師経験のある者はいつでも引く手あまただ。

「フローラは死ぬわけじゃないんだよ、サラ」ニックは優しく諭した。

「そんなの、わからないわ。お茶を飲んでいる間に、急に悪化したらどうするの？　そんなことになったら取り返しがつかないし、自分が許せないわ」

「わかった。とにかく、ジムに断ってすぐ迎えに行くよ」

壁際の椅子に腰を下ろしたサラは、ようやく周囲の状況が目に入った。急ぎ足で行き交う人たちに、診察を待っている大勢の人たち。その中には、けんかでもしたのか、顔じゅう傷とあざだらけで服装も乱れた若者が何人かいた。泣いている子どもや幼児を連れた母親も数人いる。みんな、貧しくてみすぼらしい感じがした。

　世間の現実を目の当たりにして、サラはうつむいた。むろん、親に養育を放棄された子どもなど、これまでにも悲惨な状況を目にしたことはある。しかし、クリスマスにこうした現実を突きつけられるのはつらかった。

「サラ？　大丈夫かい？」

　サラはプラスチックの椅子から飛びあがらんばかりに驚いた。「ああ、ニック、来てくれてよかったわ」彼の腕をつかみ、隅に引っ張っていく。

「誰かにちょっかいでも出されたのか？」

「いいえ、そんなんじゃないわ。ただ……ああ、ニック、世間というのは過酷なところなのね」

「そういうところもある」ニックは真顔で同意した。

「健康で、お金も持っている私たちはとても幸運なんだわ」

　ニックは苦しげな笑みを浮かべた。「確かにそうだ。いつの世も問題になるのは健康と金だ。さあ、フローラのところへ行こう」

　病室に入り、フローラの青白い顔と力のない目を見て、サラは胸を締めつけられた。しかし、おもてには出さないよう努めた。

「びっくりしたわ」サラは明るい調子で言い、身をかがめてフローラの頬にキスをした。

「ただの消化不良ですよ」フローラが口をとがらせた。「なのに、誰も信じてくれなくて」

　付き添っていた看護師がこっそりとサラに目配せをして、そんな軽い病気ではないことを教えた。

　サラはベッドのそばに椅子を寄せ、フローラの手を取った。妙に冷たくて、再び不安に駆られた。

「せっかく病院に来たんだから、きちんと調べてもらいましょうね」サラは言った。

フローラは唇を引き結んだ。「ニックとジムにもそう言われました。でも、家に帰って自分のベッドで眠りたいわ。やすめば治るんですから」

「フローラ、おまえときたら……」

いまだに顔色の悪いジムが口を挟んだが、途中で声が途切れた。いつも妻の尻に敷かれているジムだが、こんなときでもそれは変わらないようだ。

代わりに、ニックが断固たる声で続けた。「言われたとおりにしてほしいな、フローラ。ちょっとジムとお茶を飲んでくるよ。しばらくサラが付き添うからね」

サラは感心して、ニックにほほ笑みかけた。ニックが慌てることなく決然と行動してくれたおかげで、大事に至らずにすんだのだ。

「じゃあ、あとで」ニックはサラに言い、ジムを伴って出ていった。

しばらくサラはニックの姿を目で追っていたが、やがてフローラに向き直った。

「何か私に知らせることがあるのかしら、サラ？」

フローラがわけ知り顔で尋ねた。

サラは話すつもりはなかった。ニックとのことをフローラに打ち明けて、長々とお説教を食らうのはいやだった。

「あなたのことを本当に大切に思っていると言いたかっただけよ、フローラ。それと、今後のこと。私はほとんど家に寄りつかなくて勝手なことばかりしてきたわ。でも、これからは違う。家の近くで仕事を探して、もっとあなたが楽にできるようお手伝いするし、あなたの食事にも気をつけるわ。この一年で、低脂肪のおいしい料理をつくれるようになったの。あなたも少しやせなくちゃ。働きたかったら、ジムと一緒に庭仕事をすればいいのよ。ウォーキングも始めて。毎朝よ」

「おやまあ、ニックと同じようなことを言うんですね」

「彼も心からあなたを気遣っているのよ。だから、今すぐ家に戻りたいなんて無理は言わないで。明日、専門医に検査してもらえるよう、ニックが手配してくれたわ」

「驚いたわ。これが私の小さなかわいいサラなのかしら？」

「いいえ、大人になったサラよ」

「なるほどね。ニックにもそれがわかったのね。今日はあなたから片時も目を離せないようでしたよ、サラ。いえ、今夜は……と言えばいいのかしら」

サラは家政婦をにらんだ。「仲を取りもとうなんてしないでちょうだい、フローラ。あなたも私も、ニックが結婚を望む人じゃないことはわかっているはずよ」

「そのニックの心を変えさせられる人がいるとしたら、それはあなたですよ、サラ」

サラは自分の考えを思わず打ち明けそうになり、口を固く結んだ。しかし、フローラの言うことにも一理あると思った。

今夜のニックは、ただ単に〝体を重ねた〟だけではない。優しく、思いやりをもって愛してくれた。ニックがなんと言おうと、本物の関係に発展する可能性は残っている。

「あなたはニックを愛しているんでしょう？」フローラがきいた。

もはやサラはうそをつけなかった。「ええ」

「それなら、とことん追いかけなさい」

「今やっている最中よ」

「それで？」

サラの唇に笑みが浮かんだ。「進展しつつあるとだけ言っておくわ」

「おやおや、それはうれしい知らせね」

「ですが、私はうれしくありません」看護師が口を挟んだ。「また血圧が上がってきています」サラに向かって続ける。「すみませんが、患者さんはしばらく安静になさったほうがいいと思います。カフェテリアで三十分ほど、ほかのみなさんとご一緒されてはいかがですか」

サラは必ず戻ると約束し、しぶしぶ病室を出た。看護師の教えてくれたとおりに進んだものの、さらに人に尋ねてカフェテリアに行き着いた。

入っていくなり、ジムとニックが問いかけるように眉を上げた。とりわけジムは心配そうだ。サラはフローラの血圧を上げてしまったとは言えず、看護師から三十分くらい患者をやすませるよう言われたと、二人に告げた。

「食べ物や飲み物はカウンターで注文する仕組みになっている」ニックがサラに教えた。

サラはかぶりを振った。「何も欲しくないわ」

「少しは何か口に入れたほうがいい。君だっておなかが減っているはずだ。コーヒーとケーキを買ってくるよ」

ニックがコーヒーとにんじんケーキを買って戻ってくる間、ジムはひと言もしゃべらず、ただじっと宙を見つめていた。

「ジム、ケーキを食べていないじゃないか」ニックが腰を下ろしながら言った。

ジムはうつろな目をニックに向けた。「今、なんて言ったんだい？」

「ケーキさ」ニックは顎をしゃくって、手つかずの皿を示した。

ジムは首を横に振った。「とてもじゃないが、食べる気になれない」

「フローラは死にかけているわけではないんだよ、ジム」

「だが、もしそうなったら？」ジムが哀れな声を出した。「フローラがいなくなったら生きていけない。私には妻しかいないんだ」

「わかっているわ」サラがジムの腕にそっと手をかけた。「でも、フローラは決していなくならないわ。今回はちゃんと間に合ったんだもの。みんなで看病して、元気になってもらいましょうよ」

ジムの目に涙があふれ、サラは驚いた。男性が泣いたところは、今まで一度しか見たことがない。母の葬儀で父が泣いたときだ。ジムの涙が当時の記憶を呼び覚ました。母の棺《ひつぎ》がゆっくりと地中に下ろされていく間、父の痛ましいむせび泣きがずっと聞こえていた。

「不安でたまらないんだ」ジムが声をつまらせた。

「みんな同じだよ、ジム」ニックが優しく言った。

「私は自分が結婚できるとは思っていなかった」しわがれた声でジムは続けた。「四十歳のときには無愛想な独身男になっていた。ぶさいくというわけじゃないが、女性にもてるタイプでもない。フローラは私と同じスーパーで買い物をしていた。何度か顔を合わせるうちに、なぜか私に好意をいだいてくれたんだ。そしていつの間にか結婚していた」

日焼けしてくすんだジムの頬に涙が伝うのを見て、サラは胸がつぶれそうになった。

「人生で最良の選択だった」ジムは締めくくり、ポケットからハンカチを取りだした。

言いようのない感情に満ちた沈黙が三人のテーブルを包んだ。めいめいが食べ物や飲み物を黙々と口に運ぶ。ほかのテーブルの人たちも言葉少なだった。

病院のカフェテリアというのは楽しい場所ではないのだ、とサラは思った。特に深夜は。

彼女はふと、ニックに見つめられていることに気づいた。

彼が何を考えているのか、ききたくてたまらない。

しかしサラは何も言わず、コーヒーの入ったマグカップに視線を落とした。

不意に途方もない考えが脳裏に浮かび、ニックは信じられない思いがした。ジムとフローラの感傷的な恋物語に、心を乱されたせいに違いない。ニックは突然、自分はそうするべきだと思ってしまったのだ。つまり、サラと結婚するべきだと。

それはまったく不埒《ふらち》な考えだった。欲望に負けて彼女と関係を持つより、いっそうたちが悪い。ろくでなしと関係を持つことは、考えようによっては彼女に世間を教え、ひいては彼女を守ることにつながる面もある。だが、ろくでなしと結婚するとなると、サラのためになることはひとつもない。なぜなら、彼女が人生でいちばん望むもの――子どもを授けてやることができないからだ。

そう考え、やはり体だけの関係にとどめようとニックは固く決心した。そうすれば関係が終わったとき、サラの傷は浅くてすむ。

二人の関係を長引かせないのが優しさというものだろう。できれば彼女が二十五歳になる前に終わらせる。そうなると、残された時間はあと六週間しかない。長年積もり積もった欲望を燃やし尽くすにはあまりに短い。

しかも今、ニックは歯止めがきかない状態にあった。今夜もこんなことがあったというのに、早くゴールドマインに帰り、サラをベッドに連れていきたくてたまらなかった。

つまるところ、僕はそういう男なのだ、とニックは自嘲《じちょう》した。サラのように愛らしい女性の夫にはふさわしくない。

「そろそろ病室に戻ろう。検査結果もききに行きたいし」

いきなり言われ、サラはとまどった。「看護師は、フローラに何人も付き添うのは歓迎しないようだったわ。私はもう家に戻ってベッドに入ったほうがいいと思うの。明日の朝、入院に必要なものを持って出直すわ」

「ああ、それがいい」ニックが同意した。

「私はここに残るよ」ジムが断固たる口調で言った。「フローラについていてやりたい。看護師もかまわないと言っていた」

「もちろんだ」ニックがなだめるように言う。「僕も診察結果を聞いたら、いったん帰るよ。朝、サラと一緒に来る」

　ニックが真っ先に立ってサラのほうにまわりこみ、椅子の背を支えて彼女が立ちあがるのを助けた。

「ベッドはベッドでも」ニックはサラの耳もとにささやいた。「僕のベッドだよ」

　サラは身をこわばらせた。よりによって、こんなときに。彼女には思いもよらないことだった。


　しかし、先に病院を出て家に着き、玄関の鍵《かぎ》を開けて二階へ上がるころには、またニックと肌を合わせることに心を奪われていた。まったく、ニックのことを不道徳だと非難する資格はないわ。フローラの心配で頭がいっぱいのはずなのに、こんなふしだらなことを考えるなんて。

　ニックから電話があり、心筋梗塞ではなく狭心症ですんだことがわかり、サラの後ろめたさは少しばかりやわらいだ。とはいえ、シャワーを浴びて香水をつけ、服を脱いでベッドに入るときは、やはり複雑な気持ちだった。

　世の中には、生きているあかしを求めてむやみにセックスをする人たちがいるという。もしかしたら自分も同じなのかしらと考えたが、サラにはそうは思えなかった。

　自分がこうしているのは、愛あればこそだと信じたいが、欲望におぼれているだけなのかもしれない。

今夜味わったばかりの喜びは、今まで経験したことがなかった。もっともっと味わいたい。

ロールス・ロイスが私道に入ってくる音が聞こえてくると、サラは興奮で我を忘れそうになった。そして、ニックが服を脱ぎ捨てながら部屋に入ってくるのを目にしたとたん、もう何も考えられなくなった。

もはや二人に言葉はいらなかった。慌ただしく激しい営みに、サラもニックもあっという間にのぼりつめた。二人はしばらく、玉の汗を浮かべたまましっかり抱き合っていた。

「避妊具を使わなかった」ニックがサラの髪に向かってつぶやいた。

「わかっているわ」サラはかすれた声で答えた。

「すまない」

「いいのよ、ニック」サラは自分の言葉に我ながら驚いた。「すばらしかったわ」ああ、そんな言葉ではとうてい言い尽くせない。私の体は喜びにはちきれんばかりだ。

ニックは頭を上げ、ぎらぎらと光る目でサラを見つめた。「だが、危険なことだ。君はたった今、闇《やみ》の扉を開けてしまったんだ」

愛の営みにうるんだサラの目が、探るように彼の目をとらえた。「闇の扉？」

「これまで何年もの間、君に対していだき続けてきたいかがわしい妄想を封じこめた闇さ」

おどろおどろしい言い方に、サラは大きく目を見開いた。

「君を愛しているなんて、夢にも思わないでくれ」ニックはとげとげしい口調で言い放った。「闇には愛など存在しないのだから。さあ、もうおやすみ、サラ。ひと晩にはこれで充分だ。僕はもうへとへとだ」

13

「何か飲むかい、サラ？」

ニックにきかれ、サラは窓から顔を離して振り向いた。眼下に広がる壮大なパノラマを眺めていたのだ。シドニー国際空港を離陸したばかりで、ジェット機はまだ雲の下を飛んでいた。

「ええ、そうね」サラはニックに言い、注文を待っている客室乗務員に目を向けた。「何があるのかしら？」

「シャンパンはどう？」ニックが勧めた。

「こんなに朝早くから？」

彼女の腕時計の針は七時十五分を指していた。

「いいじゃないか」

「まあ、あなたったら」冗談めかしてニックをいさめてから、サラは続けた。「いいわ、シャンパンをいただくわ」

「お客様はいかがなさいますか？」客室乗務員がニックに尋ねた。

「僕も同じものを」

サラが笑い、その声にニックは魅せられた。自分をよく見せようとか、異性の気を引こうとか、そういう気持ちが彼女にはない。今までつき合ってきたタイプとは正反対で、ニックには新鮮だった。

シャンパンを受け取ると、サラは再び熱心に窓の外を眺めだした。

久しぶりの飛行機に、サラはまるで子どものようにはしゃいだ。

そんなサラを、ニックはグラスを持ちながらじっと見つめていた。彼女は化粧もほとんどせず、アクセサリーも身につけていない。白と黒のシンプルなサンドレスをまとっただけのけさの彼女は、十六歳くらいに見える。両サイドを上げてくしで留め、後ろに垂らした髪型も、とても若々しい。

　おそらく客室乗務員は、ニックが年の離れた若い娘をたぶらかしたとでも思っているに違いない。実際、シャンパンを手渡すとき、客室乗務員はわけ知り顔で目をきらめかせた。

　しかし誰にどう思われようと、ニックはかまわなかった。とにかくサラに夢中で、早くも交際期間を延ばすことを考えていた。

　もちろん、ハッピーアイランドで休暇を過ごす一カ月間、体を重ね続ければ、もっと分別のある行動がとれるようになるかもしれない。初めて一緒に過ごした夜から、充分に欲望を燃やし尽くせるだけの時間をまだ持てていなかった。フローラの見舞いや医師との話し合いで忙しかったのだ。

　幸い、専門家が狭心症の原因を突き止め、胸を切開することなく動脈の詰まりを取り除くことに成功した。フローラの回復は速く、ゆっくり休暇をとるよう医師に勧められると、ニックはジムとフローラに、ゴールドコーストにある彼の最上階の部屋《ペントハウス》での療養を提案した。あらゆる設備が整っているうえに、一階にはレストランも入っていて、宅配もしてくれる。費用のかからない、療養を兼ねた小旅行に、二人は飛びついた。

　そして、三日前の大みそかに二人を送りだした結果、ニックとサラは屋敷に二人きりになった。

　ニックはシャンパンを口に運びながら、大みそかの夜に思いを巡らせた。

　白ワインを冷やし、地元の五つ星レストランに料理を頼んで、主寝室のバルコニーにテーブルをセットした。シドニー港も海も街並みもすべて見渡せ、花火も上がる、完璧《かんぺき》な大みそかの夜だった。

　しかし、九時に上がった花火も、午前零時に上がった花火も、二人は見なかった。部屋にいたからだ。一週間近くも間が空いたとあって、ニックはサラの美しい体と激しい反応に飽きることがなかった。手に取るようにわかる彼女の愛を、身勝手にも思う存分むさぼった。

年が明けて初めての夜もそれは続いた。ニックは彼女と同じベッドにいるだけで満ち足りた気持ちになった。

しかし新年のある夜、サラは急に疲れたからと言って、自分のベッドでひとり眠った。

ニックは何も言わなかったが、悶々《もんもん》として眠れぬ夜を過ごした明くる朝、二人でハッピーアイランドに行こうと誘った。

幸い、ニックはクロエのために予約した飛行機の便をキャンセルしていなかった。

だが、サラの反応には、ひどく驚かされた。

〝クロエと一緒に過ごそうとした休暇に、私が行くと思っているの？〟

サラは非難の言葉をぶつけてきた。自分の道徳観念がいかに貧しいか、ニックは思い知らされた。

君はクロエの身代わりなどではないと、ニックは一日かけてサラを説得しようと試みた。優しい言葉や愛撫《あいぶ》に、彼女の心も少しやわらいだようだった。とはいえ、いちばん効果があったのは、クロエはおろか、誰ひとりとしてハッピーアイランドには連れていっていないと告白したことだった。島の別荘でともに過ごす女性はサラが初めてだ、と。

それは真実でもあり、偽りでもあった。九月の週末、一度だけクロエを連れていったことがある。しかし彼女は行きの飛行機で食中毒を起こし、滞在中はずっと床についていた。それは数のうちに入らないとニックは判断したのだ。

翌朝にハッピーアイランドへ発《た》つことを承知した夜も、サラはひとりで過ごすと言い張り、またもニックを驚かせた。早朝の出発だから、しっかり睡眠をとりたいというのがその理由だった。

　ニックは欲望を持て余し、目覚まし時計が鳴るずいぶん前から目を覚ましていた。

　しかし、それももう終わりだ、とニックは窓に顔をぴたりとつけているサラを見ながら思った。もうすぐ逃げも隠れもできないところで、彼女を独り占めできるのだ。

「ああ、もう何も見えないわ」サラは残念そうに言って、シートの背にもたれた。シャンパンはまだ手つかずだ。「雲の中に入ってしまったわ」

　ニックはほほ笑んだ。「誰が見ても、今まで飛行機に乗ったことがないに違いないと思うだろうね」

「飛行機に乗ったのは、もう何年も前だもの」ようやくサラはシャンパンに口をつけた。

「本当かい？」

「家賃やら生活費やらで、旅行に使えるお金なんてなかったわ」

　ニックは眉を寄せた。「旅行に使う金くらい、相談してくれたらよかったのに。ほとんど仕送りもしないなんておかしいと、レイにはよく文句を言っていたんだ」

「私の教育にはよかったんじゃないかしら。少なくとも、甘ったれには育たなかったわ」

　ニックの眉がさらに寄った。確かにそうだ。サラは甘ったれではない。しかし、僕と一緒に過ごすことで、その性格が変わってしまうかもしれない。ニックはサラを甘やかしたくはなかった。自分のことしか考えないクロエのような女には、なってほしくない。

「ねえ、どうしてそんな難しい顔をしているの？」サラがきいた。「フローラとジムが心配なの？　ゆうべ、電話でゴールドコーストの二人と話したけれど、最高に楽しそうだったわ。ペントハウスを貸してあげるなんて気前がいいし、すごくすてきな思いつきね」

ニックはサラに昔のような〝あこがれモード〟に逆戻りしてほしくなかった。「サラ、気前がいいから貸したんじゃないよ。自分勝手な都合からさ。ニ人にいなくなってほしかったんだ」

「それはあなただけじゃないわ」サラは言い、頬を染めた。

その愛らしい姿がニックの心をわしづかみにし、欲望をいちじるしく刺激した。「できることなら、今ここで君にキスをしたい」

「しないの?」サラの頬はほてったままだ。

「ああ。キスだけで終わるとは思えないからね」ニックはかすれた声で答えた。「いったん始めたら、最後まで行き着くことになる」

サラは顔をしかめた。「私にそんなことをさせないでね。機内でなんて、破廉恥だわ」

「そのとおり」ニックはひそかに胸を撫《な》で下ろしつつ、グラスをサラのほうに向けて掲げた。サラがクロエみたいな女になるなんてごめんだ。

こうしてサラとつきあい始めた今、もう二度とクロエのようなタイプの女に戻ることはできないだろう。

一方、サラはシャンパンを飲みながら、本当にニックが納得したのかどうか思い悩んでいた。彼はよく自分のことを放蕩《ほうとう》者だと言っていたから、取り澄ました女だと思われたかもしれない。

しかし思い返せば、彼の前にひざまずいた最初のとき以外、彼との営みに退廃的なところは少しもなかった。情熱的ではあっても、いかがわしさは感じられない。

大みそかの夜など、彼はとてもロマンティックだった。自分は決してそんなふうにはならないと言っていたのに。

人はこちらの接し方しだいでよくも悪くもなるとサラは考えていた。もちろん、それは子どもにも当てはまる。これまで多くの子どもたちと接してきた経験からすると、期待をかければたいていの子どもはこちらの気持ちに応《こた》えてくれる。

特に、素行が悪いと言われている男の子は。

かつてニックは不良だった。けれど、自分をどう思っていようと、過去にどんなことをしていようと、腐りきっているわけではない。サラの父はニックを認め、多くの期待をかけていた。そしてニックもそれに報いた。

確かにレイの死後、ニックは少し道を外し、プレイボーイと言われるようになってしまった。彼の人生にとって女性は欲望のはけ口でしかない。だから、ニックが人生をもっと前向きにとらえてくれると思うのは愚かなのかもしれない。

でも、愛とは愚かなものではないかしら？　サラは自問した。

そうでなければ、こうしてクロエの代わりとしてニックの隣に座ってはいないだろう。結局のところ、クロエがクリスマスの日に不作法なことをしなければ、ここに座っていたのは彼女なのだから。

悪いほうへ悪いほうへと考えてしまい、サラは気がめいり始めた。昨夜、プラス思考でいこうと決めたばかりなのに。ニックがひと月も一緒にいようと誘ってくれたのは、本物の関係を築く第一歩なのだと思いたい。そしてこの機会に、二人の相性のよさを追い求めるだけでなく、ずっと昔に芽生えた二人の特別なきずなをよみがえらせたい。

ニックと中身のある深い話をして、お互いのすべてをわかり合いたい。

サラは切にそう願っていた。

「シャンパンを飲んでいないじゃないか」

不意にニックが指摘した。

サラは陰りを帯びた笑みを彼に向けた。「やっぱりシャンパンを飲むには少し時間が早かったみたい。コーヒーにすればよかったわ」

「ころころ気分を変えるのは女性の特権さ」ニックは優しく言い、コールボタンを押した。

すぐにやってきた客室乗務員にシャンパンを返してコーヒーを頼む彼を、サラは頼もしく思いながら見ていた。ニックの行動力はすばらしい。彼は生まれながらにして人の上に立つ器だと、サラの父も言っていた。

そして、ニックはよき夫、よき父親になれる人だと、サラは信じていた。しかし、ニック自身がそう思える日はくるのだろうか？

「言わなければならないことがあるんだ」コーヒーが運ばれてきたあとで、ニックが言った。

サラの胃がきゅっと縮んだ。「悲しくなるような話でなければいいけれど」

「その心配は無用だよ」

「じゃあ、聞かせて」

「君のクリスマスカードを全部読ませてもらった。鏡台の上に飾ってあったやつだ」

サラは緊張がゆるむのを感じた。「そうなの？　いつ？」

「きのうだ。君がシャワーを浴びていたとき」

「それで？」

「あんなにも輝いている言葉を目にしたのは初めてだ。世界一の先生と一緒にいるおかげだな」

サラは声をあげて笑った。「ちょっと大げさね。でも、確かに私は優秀なのよ」

「なのに、辞めたのかい？」

「今の学校を辞めただけ。もう少し家に近いところを探すわ。小さな子どもが大好きだから、今度は幼稚園がいいかもね。みんな屈託がなくて、かわいいもの」

「僕は幼児は苦手だな」

「男性にはそういう人が多いわ。でも、自分の子どもを持てば変わるわよ」

とたんにニックのまなざしが険しくなった。「僕は変わらない。自分の子どもを持つ気はない」

サラは平静を保ってきいた。「どうして?」

「親になるというのは、親から子へ習性とでも言うべきものを伝えていくことだと思うんだ。僕がただひとつ親から受け継いだものは、次の世代へ伝えたいような代物ではない」

「虐待を受けた子どもが必ずしも我が子を虐待するようになるとは限らないわ、ニック」サラは慎重に言った。

「そうかもしれない。だが、わざわざ危険を冒す必要はないと思わないか?　世界にはもう充分な数の子どもがいる。僕の子どもがいなくても、誰も困らない」

「自分の子どもの顔を見たら、気持ちが変わるかもしれないわ」

ニックはさっと振り向いてサラを見すえた。「ピルは持ってきただろうね?　子どもで男をつなぎ止めるような古くさい手は、僕には通用しないよ」

冷ややかな彼の目に、サラは背筋が寒くなった。とはいえ、あきらめるわけにはいかない。「子どもであなたをつなぎ止めるつもりなど毛頭ないわ。それに、ちゃんとピルはのみ続けているわ。もし安心できないなら、毎日あなたの手でのませてもらってもいいのよ」

「本当にそうしたいくらいだ」

「あなたはいつもそんなふうに妊娠にびくびくしているの?」

「避妊具なしで関係を持ったのは、君が初めてとだけ言っておくよ」

「私が特別だとわかって、うれしいわ」

ニックは苦笑し、かぶりを振った。「まったく、君という人は。さあ、冷めないうちにコーヒーを飲みたまえ。さもないと、また乗務員の手を煩わす羽目になる」

サラは早く話を再開したくて、慌ててコーヒーを飲んだ。ハッピーアイランドに着くまで、あと二時間ほどある。その間はニックも彼女のそばを離れられない。彼についてずっと知りたかったことを尋ねるのに、これ以上の機会はない。島でゆっくり話せるという保証はなかった。

「昔のことを聞かせて、ニック」コーヒーを飲み干してカップを置くなり、サラは言った。「父のもとで働くようになる前のことを知りたいの」

「その話は誰にもしたことがないんだ、サラ」

「でも、そんなのおかしいわ。だって、私はあなたの過去をほとんど知らないのよ。お父様がひどい方で、あなたがたった十三歳で家出をして路上生活を始めたことは知っているけれど。それと、十八歳のときに自動車を盗んで逮捕されたこと」

「それだけ知っていれば充分だろう」

「単なる事実だけだわ。もっと詳しいことを知りたいのよ」

ニックはため息をついた。「よりによって、こんなときに？」

「ベッドをともにしている相手のことは、もう少し知っていてもいいんじゃないかしら？　あなただって、私の以前の恋人たちに根掘り葉掘りきいていたでしょう」

「だが、僕は君の正式な恋人ではない。いわば秘密の恋人だ。そういう相手は謎《なぞ》めいているものさ」

「ごめんなさい、もう秘密じゃないの。ゆうべフローラに話してしまったわ」

「なんだって？」

サラは肩をすくめた。「だから謝ったじゃない」

「よく言うよ。まったく悪知恵の働く策謀家だな」

ニックが口ほどに怒っていないことにサラは気づいた。サラもここで引き下がるつもりはなかった。

「ねえ、話してくれるの、くれないの？」

「何を聞かされても驚かない覚悟はあるのか？」

「私を見くびらないで、ニック。あなたほどの経験はないけれど、私だってテレビのニュースを見るし、新聞や雑誌も読むから、悪の世界があることは知っているわ。何を聞いても驚かないわ」

なんと無邪気な言葉だろう、とニックは思った。今から僕にまつわるいまわしい話を十五分も聞けば、彼女も自分の無邪気さを悟るだろうが。

ニックの母親は彼がごく幼いときに家を出た。そのため、ニックは母の顔をろくに覚えていない。妻に出ていかれた父は酒と暴力に明け暮れ、五歳の息子に盗みの手ほどきをし、一日おきに息子を殴った。素手で殴るだけでなく、ベルトで打たれたり、たばこの火を押しつけられたりしたこともあった。

ニックの話がそうした仕打ちに及ぶと、リラは身をこわばらせた。

当然、ニックはあまり学校へ行けなかったが、頭がよかったおかげで読み書きはできた。しかし、愛情などとは無縁の暮らしを送り、食べさせてもらえるだけで幸運だと思っていた。まさに毎日が生き残りをかけた闘いだった。

思春期を迎えると急に身長が伸び、ニックは父親とさほど変わらなくなった。そして十三歳のとき、初めて父親を殴り返した。

サラが想像していたような家出とは、少し様子が違った。ニックは文字どおり、着の身着のままでほうりだされたのだ。

しばらくは保護施設にいたが、不運にもそこの経営者の関心は人助けではなく、金を手に入れることにあった。心に傷を負った子どもが最初に出会う福祉施設としては最悪だった。そこを逃げだしたあと、ニックはシドニーのキングスクロスに移って廃屋で暮らすようになり、彼の知っている唯一の方法、つまり盗みで金を手に入れだ。ニックが手を染めたのは車上荒らしだった。

彼はギャングの一味にはならなかった。自分以外の誰かに依存したくなかったからだ。何人かの友人もできたものの、みな、売春婦やぽん引き、麻薬の密売人といった貧しい人たちだった。そして必然的に、ニックもドラッグの世界に引きずりこまれていった。

だが、どんなものでも依存症になると大金がかかる。それでニックは車そのものを盗むようになり、空き巣もはたらくようになった。

「ある晩」ニックは沈んだ口調で言った。「どじを踏んで刑務所に入れられ、そのおかげで君のお父さんと出会った。あとは知ってのとおりさ」

サラの目には涙が浮かんでいた。今にもあふれそうだ。「ああ、ニック……」

「だから忠告したんだ」

「でも、あなたは生き抜いた」

「そういう目に遭うと、人間がどうなるか教えてあげよう」ニックは厳しい声で続けた。「自分のことしか考えなくなる。辛辣《しんらつ》で冷酷で、なんでもできるようになる。刑務所で君のお父さんに初めて会ったときも、何をしてもらえるかにしか興味がなかった。刑務所を出られるチャンスに飛びついたにすぎない。出所してレイの運転手として働くようになったときも、いいかもだと思った。レイのことなど、初めはなんとも思っていなかった」

「でも、結局、あなたは心を開いたわけね」サラは言った。「父に愛情をいだいていたんでしょう?」

「尊敬はしていた。愛情とは違う」

「そう……」サラは肩を落とした。

「君は何もわかっちゃいない。僕のような立場になってみなければ、決してわからない。前にも言ったが、もう一度言う。僕みたいな男は誰も愛せない」

「そうは思わないわ」サラはぽつりと言った。そんなふうには思えない。ニックの考えを受け入れてしまったら、私の未来は耐えがたいものになる。「うちで暮らすようになったときのあなたは、そんなに悪い人じゃなかった。私にも優しくしてくれたし」

「そうだったかな？　自分のボスに気に入られようとしていただけだろう」

サラは顔をしかめた。ニックの優しさをそんなふうに考えたことは一度もなかった。

「頼むから、そんな顔をしないでくれ、サラ。そう、僕は君が好きだった。いい子だったからね」

「今でも好きでいてくれるんでしょう？」サラはほっとし、笑みを浮かべて尋ねた。

「ああ。今でも好きだよ」

それだけのことなのに、サラの気持ちは明るくなった。突然、状況が少し好転したように思えた。同時に、このあたりで話題を変えたほうがいい気がした。

「あなたの映画のことだけれど、何か知らせはあったの？」

ニックは虚をつかれて、見たこともないほど奇妙な顔をした。

「なんだって？」

「大金をつぎこんだ映画が新年に公開されるって言わなかったかしら？　今日はもう三日よ」

ようやくニックは納得した。胸が悪くなるような生い立ちは、サラには重すぎたのだろう。それで話題を変えたのだ。これに懲りて、過去のことをきくのはやめてほしいものだ。映画のことなら話しやすい。過去は封じこめておくに限る。

「きのう、いろいろなメディアに映画評が出たよ」

ニックは答えた。「一般客の評価が下されるのはもう少し先で、数日後かな」

「タイトルは？」

「『奥地に帰れ』だ。『奥地の花嫁』の続編さ。監督が同じで、二作とも監督自ら脚本を書いている」

「それなら成功間違いなし。『奥地の花嫁』に感動した人がきっとまた映画館に足を運んでくれるわ」

「そうだといいがね」

「出来はいいの？　続き物の場合、往々にして一作目がいちばんよかったりするけれど」

「いい出来だと思うよ」

「でも、評論家はそう思わなかったのね？」

「好意的な評もあったが、悲劇的な結末が気に入らないという意見が多かった」

「誰かが死ぬのね。まさかシェーンじゃないでしょうね？」

「ブレンダだ」

「ブレンダですって！　なお悪いわ。ヒロインを死なせるなんて。ハッピーエンドでなければだめ」

「ばかな。悲恋はたくさんある」

「いいえ、とにかく死なせてはだめよ。もっと前に話してくれればよかったのに」

「死なせるしかなかったんだ。ブレンダはシェーンにふさわしくない。二人のロマンスはそもそも間違いで、結婚生活はいずれ破綻《はたん》するはずだった。彼女は田舎暮らしを嫌っていて、子どもを連れて都会へ戻ろうとしていた。そこへかつて知り合いだった悪者が現れる。続編はロマンスというより劇的なドラマなんだ」

「なんとでも言えばいいわ。とにかくひどい話」

「貴重なご意見をありがとう」

その直後、乱気流に入るためシートベルトを着用するようにという機内放送があった。そのため、ヒートアップしそうになっていた二人の議論はおあずけになった。

「よくあるんだ」ニックはそうつぶやいてシートベルトを締めた。

「何が？」尋ねると同時に機体が大きく揺れ、サラは肘掛けをつかんだ。

「このあたりでは、一月はよくサイクロンが発生するんだ」

「早く言ってくれればいいのに。フローラとジムがいないんだから、家でもゆっくりできたわ」

「君にハッピーアイランドを見せたかったんだ」

「島を？　それとも、あなたのすてきな別荘を？」

ニックはほほ笑んだ。「恋人にはいいところを見せたいものだろう？」

サラはどきっとした。「今……私のことを恋人って言った？」

ニックは肩をすくめた。「怒ったのなら、撤回するよ」

「私が怒るのはサイクロンのときだけよ。感情的にもなるわ」

ニックは声をあげて笑った。「心配は無用だ。僕の別荘はサイクロンが来てもびくともしない。そもそも、ハッピーアイランドには何十年も上陸していない。暴風雨くらいですむ。ただ何日も家にこもる羽目になるけれどね」ニックの目があやしく光った。

サラはいたずらっぽく笑った。「昔の盤面ゲームを全部持ってきてよかったわ」

ニックがうめいた。「サラ、モノポリーは勘弁してくれよ！　いつも君に大負けしていたからな」

「すごろくとダイヤゲームも持ってきたわ。荷づくりしていたとき、チェストの奥から出てきたの」

渋い顔をしたニックのわき腹を、サラはこづいた。

「二人とも昔はずいぶんゲームに興じたはずよ」

「君はもう大人になったから、僕はほかの遊びを考えていたのに」

サラはかぶりを振った。「この休暇で私をベッドに縛りつけようと企《たくら》んでいるなら、あきらめたほうがいいわね。シドニーの旅行社でハッピーアイランドのパンフレットをもらってきたの。やりたいことがたくさん載っていたわ」

「たとえば？」

「島じゅうの景勝地をまわってみたいし、ボートでバリアリーフに行ったり、ヘリコプターでウィットサンデー諸島の上空を遊覧飛行したり。それからウインドサーフィンに、買い物……。ああ、ミニゴルフもあったわね。前に私に負けた雪辱戦を挑みたいなら、受けて立つわよ。でも、何よりパンフレットに写真が載っていた最高に美しい海で泳ぎたいわ」

ニックが首を横に振った。「それはできないな」

「どうして？」

「イルカンジがいる」

「イル……何？」サラはけげんな顔をして尋ねた。

「猛毒のくらげだ。刺されたら、即入院だ。二〇〇一年には二人が死んでいる。夏は繁殖期でね」

「まあ、がっかり。泳ぐのは無理ね」

「いや、ボディスーツを着れば海には入れるよ。あまりおしゃれじゃないが。けれど、心配はいらない。ハッピーアイランドにはプールもたくさんある。とりわけ僕の別荘のプールは最高だ」

「それは疑っていないわ」

ニックはいかにも愉快そうに笑った。「君はときどき口のきき方に問題があるようだな」

「私になんの問題もないと言った覚えはないわ」

「しかし、ほぼないと思うよ」ニックは身をかがめてサラの頬にキスをした。

サラはニックのほうに首を巡らした。「たしか機内ではキスはしないと言ったんじゃないかしら？」

「今のがキスだって？　別荘に着いたら、本物のキスを教えてあげるよ」

ニックの目に欲望の炎が宿るのを見て、サラは身を震わせた。それこそ、彼女がずっと見たいと望んでいたものだった。いつかこんな情熱的な目でニックに見つめられたいと、心ひそかに願ってきたのだ。

でも、あなたはニックの欲望を受け止めるだけで満足なの？　内なる声が尋ねた。

いいえ、違う。私はそれ以上のものが欲しい。それは永遠の幸せ。彼が決して与えられないと言っていた愛情をこの手につかみたい。

「もう、そんなに強く肘掛けをつかんでいなくても大丈夫だよ」不意にニックが言った。「乱気流は抜けた」

いいえ、私は今、乱気流に突っこんだばかり……。サラの胸に耐えがたい痛みが走った。

14

ハッピーアイランドの美しさに、サラはただただ感動した。着陸前にパイロットが上空を一周してくれ、窓側の席についた客はみな絶景を堪能《たんのう》した。

熱帯の楽園とはまさにこのことだった。

砂と海のすばらしい色あいは名高いが、砂浜と入り江の眺めもみごとだった。椰子《やし》の木が生い茂り、周囲の自然に溶けこむように、家々が点在している。

プールの多さはニックが言ったとおりで、ありとあらゆる形のプールが陽光を浴びて輝いていた。

二人の未来にサラはまだ不安をいだいているものの、興奮が先に立った。こんな楽園さながらの島で愛する人とロマンティックな休日を過ごせるなんて、幸せというほかはない。まるまるひと月、ニックを独り占めできるなんて。

ほかに何がなくても、この奇跡のような思い出だけはずっと残すことができる。

「慌てて降りることはないよ」ジェット機が停止するや、慌ただしく席を立つほかの乗客をよそにニックが言った。「炎天下、荷物の受け取りをじっと待つ羽目に陥る。この空港には荷物を流すベルトコンベヤーがない。シャトルバスのターミナル近くに引き渡し場所があるだけなんだ」

「そのシャトルバスに乗るの？」

「いや。空港に置いてある僕専用のゴルフ・カートを使う」

「ああ、パンフレットで見たわ。島には車の数が少なくて、みんなゴルフ・カートで移動するんですってね」

「そのとおり」

「私も運転していい？」

「もちろん」

「楽しみだわ」

サラとニックは最後に飛行機を降りたが、思ったより暑くないのでサラはびっくりした。

「私の思い違いだったのかしら、それとも、このあたりはもともとあまり暑くないの？」

「いや、君の思っていたとおりさ。本来はもっと暑い。天気予報では、今週の後半から気温も湿度も上昇すると言っていた。土曜の午後からは暴風雨になるらしい」

「どうやって調べたの？」

「ゆうべインターネットで見たんだ」

「まさかこんなところにまでノートパソコンを持参したんじゃないでしょうね？」

「持ってくる必要などないよ。ここにもパソコンはそろっている」

「至れり尽くせりね。この島にないものはないのかしら？」

三十分後、サラは思わず口にしていた。

彼女は今、別荘のリビングルームの一面ガラス張りになっているところから、見たこともない豪華なプールを眺めていた。それは〝水平線プール〟と呼ばれ、空と海が水平線でひとつに溶け合うさまを模したもので、まるで向こうのへりがないかのように見える。

「ずいぶん金がかかったよ」ニックが言った。

「このプールに？　それとも別荘そのものに？」

別荘自体はさほど大きくはなかった。寝室は三つしかないが、そのすべてが涼しげな緑と青で統一され、熱帯風の調度品がしつらえられている。さらに誰もが欲しがるようなキッチンや超大型のプラズマテレビなど、最先端の設備も備わっていた。

「いちばん費用がかかったのは、建物の基礎工事だった」ニックが説明した。

その理由はサラにもわかった。別荘は崖《がけ》にへばりつくように立ち、半六角形の形をしているために、百八十度の眺望が得られる。また、すべての部屋に巨大なガラス窓か一面ガラス張りの壁があって、海と近くの島々が見渡せる。ガラスは特殊な強化ガラスでひどい嵐《あらし》にもびくともしないという。また、かすかに色がついていて、強烈な日差しをやわらげていた。

「完成まで二年もかかった」ニックはなおも説明を続けた。「この六月にやっとできたんだ」

「そうだったの」

だからニックはここに恋人を連れてくることができなかったのだ。決して意図的に連れてこなかったわけではない。それでも、ニックとこの別荘に二人きりで来たのは自分が初めてだと思うと、サラはうれしかった。

「すばらしいわ、ニック」サラは朗らかな笑みを彼に向けた。「この景色も」

　ニックは彼女の腰を抱き、引き寄せた。「朝日がのぼるころは、もっとすばらしいよ」

　彼のほうに体を向かせられると、サラはキスの予感に身を震わせた。機内と違い、今度はニックを止める必要はない。止めたくもない。唇が重なるころには、彼女の心臓は激しく打っていた。

　二人はその場で互いに服を脱がせ合い、もつれ合うようにして主寝室に入って飢えを満たした。

「荷ほどきをさせたくないよ」しばらくしてニックは言った。「このままの姿でいてほしい」

　サラの服もニックの服もリビングルームの床に散らばったままだ。

　ニックに優しく腹部を撫《な》でられ、サラは喜びのため息をもらした。「あなたも今のままの姿のほうがいいわ」夢心地で答える。

　二人の営みは、回数を重ねるごとに新たな境地に達し、少しずつ大胆なものになっていた。これまでのサラは、ニックと見つめ合い、しっかりと彼を抱きしめることができる姿勢がいちばん好きだった。しかしスプーンのように重なり合う形も、彼の温かな体に包みこまれる心地がして、好きになり始めていた。彼を迎え入れている間も、両手で胸やほかの場所を愛される。そのめくるめく快感に、サラは耐えきれずにうめき声をあげた。

　サラがのぼりつめたあともニックは中に入ったままで、ほどなくまたリズムを刻みだす。サラがなまめかしく腰を動かすと、今度はニックがうめき声をあげた。

　それもつかの間、ニックの両手が上がり、サラの胸の先端をつまみあげる。痛みと快感の入りまじった新鮮な感覚に、サラはたまらずに声をあげた。

「今のは気に入ったみたいだね」ニックは蜜《みつ》のように甘い声で彼女の耳にささやいた。

「そうね……いえ……どうだったかしら？」

「僕は気に入ったよ」ニックが言い、もう一度つまみあげた。

サラはうめき、身をよじった。確かにすばらしい。気に入らないわけがない。

「もう一度……お願い」サラは息も絶え絶えにせがんだ。

彼がリクエストに応《こた》えるや、すさまじい快感が全身に走り、サラは頭がくらくらした。再びニックが激しく動き始める。彼女の体は熱を帯び、額には汗が噴きだした。

「ああ、そうよ」サラの体の中で快感が渦を巻き始めた。「すてき」体が砕け散るような感覚に彼女はあえぎ、大きく身をよじった。

次の瞬間、ニックは荒々しい声をあげてサラをうつぶせにし、膝を立たせて胸をつかんだ。彼女はもう限界だと思っていたのに、そうではなかった。ニックに脚の付け根を愛撫《あいぶ》されると、またもエクスタシーの波に襲われた。

今度は彼も一緒にのぼりつめた。サラはベッドにくずおれ、その背中にニックも倒れこんだ。

しばらくの間、二人は重なり合ったまま身動きもせず、肩で息をしていた。

「ほらね」やがてニックがささやいた。「女性は何度でも続けて達することができる。君が望むなら一日じゅうだって可能だ」

そんな場面を想像し、サラは全身から力が抜けそうになった。「あの……今は遠慮するわ」声を震わせて言う。「シャワーを浴びてこようかしら」

「それはいいね。僕も一緒に浴びるよ」

15

寝息をたてているサラの傍らで、ニックは組んだ手に頭をのせて横たわっていた。今のところ体の興奮はおさまっているが、心は穏やかとは言いがたかった。

サラへの欲望を燃やし尽くすという計画は、まったくうまくいっていない。彼女と体を重ねれば重ねるほど、もっと欲しくなる。

島へ着いてから三十六時間が過ぎていたが、食事をとるのと時折プールにつかる以外、二人が寝室を出ることはめったになかった。

昨夜のプールサイドでの情熱的な営みと、けさのキッチンでの激しい営みを思い出し、ニックの体はまたもや高ぶり始めた。

キッチンでの交わりのあと、サラは座ったままで愛し合ったのは初めてだと告白した。

どうやら、これまで彼女が経験したセックスは淡白なものだったらしい。ニックは驚くと同時に喜んだ。バージンを妻に望む男の気持ちがわかりかけていた。自分が女性の初めての相手になるというのは、とても晴れがましい気分になるに違いない。

一方で、サラの経験が乏しいことで、悩んでもいた。彼女のように若く無邪気な女性は、簡単に人を愛した気になってしまう。

愛しているとサラが口にしたことはないが、彼女の目はニックへの愛を雄弁に語っていた。それがニックにはうれしくてたまらなかった。

だから、僕はこれほどまでサラにのめりこんでいるのだろうか？ 体の関係そのものより、体を重ねるときに味わわせてくれる気分のせいかもしれない。

いつも彼女が僕のベッドにいてくれたら、どんな気持ちになるだろう？　彼女の指に結婚指輪をはめて、正真正銘、自分のものにしたら？

正気の沙汰《さた》とは思えないぞ、ニック。どうかしている。

彼はかぶりを振り、片肘をついて半身を起こした。それからサラのふくよかな裸身に熱い視線を注いだ。ニックの手はおのずと女らしい曲線へと伸び、サラの五感を目覚めさせていく。ついに彼女は甘いため息をもらし、腕を広げてニックをいざなった。

拒んでくれ。ニックは心の中で叫びながら、彼女の中に入っていった。

最後まで彼女は拒まなかった。

サラはニックを起こさないよう、そっとベッドを出た。ニックは深い眠りについていた。

唯一、荷物から取りだしたラベンダー色のローブを羽織ると、サラは静かにキッチンへ行き、大きな冷凍庫を開けて食べ物を探し始めた。この二日間、二人ともトーストとコーヒーといった最低限のものしか口にしておらず、猛烈な空腹を感じていたのだ。

三十分後、レンジで温めるだけの料理を二人分おなかにおさめたサラは、二杯目のコーヒーを持ってリビングルームに移った。青いソファの端に丸くなり、コーヒーを飲みながらため息をつく。ようやく、ハッピーアイランドに来てからのことを考える余裕ができた。

ただ体を重ねるだけの休暇にはしたくないと最初に言ったはずなのに、現実は逆だった。

意を決して、たまには外に出ましょうと言わなければ。ただごろごろして、愛の営みを繰り返しているだけなんて、退廃的だわ。サラは顔をしかめた。

しかし、退廃的には違いないが、サラにとってはすてきなことだった。これほどすてきな時間を過ごしたことは、今まで一度もない。それでも、どこかで線を引かなければ。朝になったら、服を着てどこかへ行こうと言おう。

ニックに反対されたり、またベッドに誘われたりしなければいいけれど。あらがいがたい彼の誘惑を思い起こすと、サラは頭がくらくらした。誘われると、どうしてもいやとは言えない。

今夜はベッドに戻らず、このソファで夜を明かしたほうがいいかもしれない。

だが、サラは少しも眠くなかった。たくさん食べたこともあり、すっかり目がさえていた。テレビをつけるとニックを起こしてしまうかもしれないと思い、サラは本を読むことにした。巨大な作りつけのテレビボードのわきに棚があり、ペーパーバックが何冊か立ててあった。

サラはコーヒーを置き、タイルの床を歩いていった。おもしろそうな本は一冊しかない。『殺しのドレス』と背表紙に書かれた題からすると、スリルに富んだ展開と衝撃のクライマックスが待ち受けるサスペンス小説のようだ。

そのとおりだった。手に取って本を開いた瞬間、サラはすさまじい衝撃を受けた。一ページ目の右上の隅に、ある名前が手書きで書かれていたのだ。

〝クロエ・キャメロン〟

その憎らしい名前を食い入るように見つめるうちに、サラの口の中は乾き、山ほどのおぞましい考えが次から次へと脳裏をよぎった。とりわけおぞましいのは、ニックがうそをついたことだ。サラが初めてだと言いながら、彼はクロエをハッピーアイランドに連れてきていたのだ。さもなければ、彼女の本がここにあるはずがない。

胸の悪くなるような数々の映像が頭に浮かんだ。プールサイドやキッチンのカウンターで、ニックとクロエがからみ合っているところ、サラにしたのと同じことをクロエにもしているところ……。

本当に胸が切り裂かれたかと錯覚するほど、サラは傷ついた。屈辱に打ちのめされた。こんなにも簡単にだまされるなんて、愚かにもほどがある！

サラは両手で本を握りしめ、怒りもあらわにベッドルームに戻ると、部屋の明かりを全部つけ、わざと乱暴にドアを閉めた。

部屋じゅうに響く大きな音にニックは飛び起き、目をしばたたいた。ベッドわきでサラが鬼のような形相で立っているのを見て、たちまち意識がはっきりした。

「なんだい、サラ？　何があったんだ？」

サラはいきなり本を投げつけた。ニックの裸の胸に当たり、膝の上に落ちる。

「ここに彼女を連れてきたことはないと言ったでしょう」サラは噛《か》みつくように言った。「うそだったのね、ひどい人」

ニックは合点がいくと同時に青くなった。「君が想像しているようなこととは違うんだ」必死に弁明を試みる。

サラは冷たくうつろな笑い声をあげた。「私がどんな想像をしているというの、ニック？」

「ここでは彼女とベッドをともにしていない」

彼女はまた笑った。「そんな話を私が信じると思うの？　一日に何度も女性を抱かなければ気がすまない人が何もしなかったなんて」

「クロエは食あたりで具合が悪く、ずっと客用の寝室で横になっていたんだ」

サラはさげすむような表情で腕を組んだ。「それが事実なら、どうして話してくれなかったの？」

ニックの返事を待たずに、サラは続けた。

「代わりに言ってあげるわ。そのことを話せば、欲しいものが手に入らなくなると思ったんでしょう。

あなたはどうしても、クロエの身代わりとして私をここへ連れてきたかった。それで、愚かな私に、自分は特別な存在だと思いこませようとした。あなたがどんなふうに考えているにせよ、自分の都合でうそをついたのよ」

　窮地に立たされたときのニックはからきし弱かった。彼は先制攻撃を仕掛けるタイプだった。

「だが、うそをついた点では、君だって同罪だろう？」ニックは開き直った。「クリスマスの日に僕の書斎で、君は体の関係だけでいいと言った。けれど、そうじゃないんだろう？　君は昔からずっと結婚したいと思っていて、今もそれに変わりはない。だから、今になってそんなふうに怒りを僕にぶつけているんだ」

　サラが頬を紅潮させ、その目に深く傷ついたような色が浮かんでいるのを見て、ニックは心底、自分が卑劣な男に思えた。

「あなたが本当にそう思っているのなら……」サラは声をつまらせた。「もうあなたとは一緒にいられないわ」

　その瞬間、ニックはこれまでに経験のないショックを受けた。刑務所に入っていたころでさえ、これほどの打撃を受けたことはなかった。

　だが、これがいちばんいい展開かもしれない、とニックは思った。僕は彼女にふさわしい男ではない。これ以上サラが傷つかないうちに、二人の関係に終止符を打ったほうがいい。

「君の好きなようにすればいい」ニックは突き放すように言った。

「私は……」サラはかぶりを振り、肩を落としてため息をついた。「私の願いは一生かなわないわ。あなたが相手ではだめなのよ。今やっとそれがわかったわ」胸を張り、顎を上げる。「本を投げつけたりしてごめんなさい、ニック。あなたはうそなどつかず、正直に胸の内を明かしてきた。ときには悲しくなるくらいに。あなたの言うことを、私はただ聞きたくなかっただけなんだわ」

　ニックはますますつらくなり、心臓が鉄のように重く感じられた。彼女に歩み寄って抱きしめたい。悪いのはこの僕で、君はかけがえのない特別な人だ、本当は君と結婚したいんだ。そう告げたかった。

　しかし、どうにかこらえた。

「今夜は……空いている部屋に移るわ」サラは続けた。目がうるんでいる。「明日、飛行機の予約がとれしだい、シドニーに戻るわ」

「わかった」ニックは上掛けをはいで、ベッドを出た。「悪いけど、バスルームに行きたいんだ」

16

　サラは眠れなかった。

　まだ動揺がおさまらないだけでなく、暑かったからだ。予報どおり、この数時間で気温が急上昇していた。

　とうとう寝るのをあきらめ、ベッドを出てクリスマス前に買ったピンクのビキニをつけると、サラはタオルをつかんでプールに向かった。外は真っ暗だ。それでも彼女はかまわなかった。プールには水中照明もついている。

　ただ、風がかなり強く、サラは驚いた。タオルが飛ばないよう、ラウンジチェアで押さえなければならなかった。

きのう、このラウンジチェアでニックと愛を交わしたことを思い出し、サラは身を震わせた。そして胸にこみあげた切なさを振り払うように、サラはプールに飛びこんで勢いよく泳ぎ始めた。疲れきって、ベッドに戻ったらすぐに眠りに落ちることを願って。

　でも、眠れるわけがない。サラはみじめな気持ちでそう思いながら、自分を痛めつけるかのように泳ぎ続けた。そしてついに手足が動かなくなり、彼女はゆっくりとラウンジチェアのあるところまで泳いでいった。

　水から上がると、体が震えた。風がさらに強くなっている。嵐《あらし》が近づいているに違いない。すぐに通り過ぎてくれればいいけれど。明日、空港が閉鎖されてはたまらない。一刻も早く、この島から、そしてニックから離れたかった。

　サラが身をかがめてタオルを取ろうとしたとき、突風が巻き起こり、近くのテーブルとパラソルが吹き飛ばされて彼女の背中にぶつかった。サラの体は宙に浮き、すさまじい勢いでプールのへりから海側へと投げだされた。そしてプールの下の溝に肩をぶつけて悲鳴をあげた。さらに、そのはずみで溝から闇《やみ》の中へと転がり落ち、サラは絶叫した。

　ニックもまた悶々《もんもん》としてベッドに横たわっていた。サラの悲鳴を聞きつけるや、ベッドから飛び起き、声のあがったほうへ駆けだした。恐怖のあまり、おのずと足が速くなる。

　プールに着くと、サラがここへ来たことを直感が教えてくれた。だが、彼女の姿はどこにも見当たらない。

　そのとき、テーブルと開いたパラソルがプールの端に浮かんでいるのが見えた。

「なんてことだ！」大声をあげたニックは、サラがテーブルとパラソルの下でおぼれているのではないかと思った。

すぐさま飛びこんだものの、水中にもサラの姿はなく、最悪の可能性が頭に浮かんだ。ニックはプールの端まで泳いでいって溝をのぞきこんだ。どうかそこにいて彼の助けを待っていてくれと祈りながら。

しかし、誰もいない溝がぼんやりと見えるだけだった。その下の岩だらけの海にサラが落ちた可能性など、考えるだけでも恐ろしかった。そんなことになれば、まず助からない。

「うそだ！」

ニックの叫びを風がかき消した。

サラが死ぬものか。僕のサラが。愛らしくて美しい、あのすばらしいサラが。

「ニック！　ニック、そこにいるの？」

突然聞こえてきた声にほっとするあまり、ニックは涙が出そうになった。「ああ、僕はここにいる」返事をするなり、プールのへりをまたいで溝に下りる。「サラ、どこにいるんだ？　見えないよ！」

暗さには目が少しずつ慣れてきたが、風が強くてまともに目を開けていられない。

「ここよ」闇の中からサラの声が響いた。

「ここって、どこだ？」

精いっぱい体を伸ばしてのぞきこむと、ようやく溝から数メートル下の崖《がけ》にしがみついているサラの姿が見えた。いや、崖ではない。岩の裂け目から生えている茂みにつかまっているのだ。しかも、茂みはまばらだ。せめて根がしっかりしていることを、ニックは祈らずにいられなかった。

「足をかけられる場所はあるか？」ニックは声を張りあげた。

「なんとか。でも、茂みがゆるんできている気がするの。ああ、やっぱりそうだわ、どうしよう。なんとかして、ニック」

手を伸ばしても届かない。ロープや棒のような、サラがつかまれるものが必要だ。しかし、何があるというんだ？

ニックは一瞬パニックに襲われた。

落ち着け、と自分に言い聞かせる。

プールに浮いていたパラソルは？　あれならなんとかなりそうだ。

「ちょっとだけ待っていてくれ、サラ。僕に考えがある」ニックは動物並みのすばやい身ごなしでプールに戻って飛びこんだ。パラソルをつかんで閉じ、急いで溝のところに戻る。

「ほら」ニックはパラソルを差しだした。「これにつかまって」

サラは言われたとおりにした。

「しっかりつかまるんだ」

その重みに、初めニックは驚いた。同時に、かつて感じたことがないほどの力がわいてきた。

十数秒後、サラはニックの腕の中にいた。しゃくりあげ、ショックでがくがくと震えている。

ニックはサラを抱き寄せ、濡《ぬ》れている彼女の髪に顔をうずめて、きつく目を閉じた。「もう大丈夫」かすれた声で言う。「君は助かった」

「ああ、ニック」サラは泣きじゃくった。「私……死ぬかと思ったわ」

ニックの腕にいっそう力がこもった。彼のほうこそ、サラが死んでしまったのではないかと思った。人生で最大の衝撃だった。今なら病院で取り乱していたジムの気持ちがわかる。ジムがフローラを愛しているのと同じくらい、彼もサラを愛しているからだ。

そう、僕はサラを愛している。もう迷いはない。

だが、それで何が変わるというのだろう？　ニックは自問した。サラを解放してやることこそ、彼女の幸せにつながるのでは？

ニックは自分でも何がなんだかわからなかった。

「ふ、震えが止まらないの」

サラの歯はがちがちと鳴っていた。

「ショックを受けたからだ」ニックは言った。「ゆっくり風呂につかって、砂糖をたっぷり入れた熱い紅茶を飲むといい。とにかく、まずは家に戻らなければ」

プールの溝から落ちたときのことを、サラは思い出さずにいられなかった。あの恐怖と、死ぬかもしれないと思った瞬間がよみがえる。

死にそうな目に遭うと、人生観が変わるのだろうか？　大事なものと、そうでないものが見えてくる。冒険のひとつや二つ、挑戦してもいいという気持ちになってくる。

「さあ、飲んでごらん」ニックが紅茶を持ってバスルームに入ってきた。

サラは湯がたっぷりと入ったバスタブに、ピンクのビキニをつけたままつかっていた。しかしニックはまだ裸のままだ。

「何か着てもらえるかしら？」紅茶を受け取りながらサラは言った。裸のニックが相手では、どうにも話しづらい。

サラはどうしても彼と話をしたかった。心を落ち着けて、正直に。

ニックはタオルかけに手を伸ばしてバスタオルを取り、腰に巻いた。「これでいいかい？」

「ええ、ありがとう」ニックが出ていこうとしたので、サラは慌てて言った。「ニック、ここにいて。話したいことがあるの」

ニックは腕を組んで壁にもたれた。サラはマグカップを口に運んでひと口飲み、その甘さに眉を寄せた。ひと呼吸おいてマグカップをバスタブのへりに置き、彼の目を見つめた。

「明日、家には戻りたくないと思っているの」

一瞬、ニックの目がきらめいた。「なぜだい？」

「あなたを愛しているからよ、ニック。今までずっと。ここに来たのも、あなたが言ったとおりよ。充実した時間を一緒に過ごせば、あなたが私を愛してくれるようになるんじゃないかと、甘い夢を見ていたの。もしかしたら、プロポーズまでしてくれるかもしれないって」

ニックは組んでいた腕をほどき、壁に手を当てて身を起こした。「サラ、僕は――」

「お願い。最後まで聞いて、ニック」サラは遮った。

「わかった」

「ここに来た理由はあなたの言うとおりだと思う。でも、あなたの欲望を利用して欲しいものを手に入れようとしたわけではないの。私は一度だって、そんなことを思って抱かれたりはしなかった。あなたとの営みは本当にすてきだった。あんな経験は初めてで、あの喜びはどうしても手放せない。だから、もしあなたがまだ私を求めてくれるのなら、ここにいたい。もう……子どもじみたやきもちなんか焼かないわ。ただあなたと一緒にいたいの、ニック」勇気を振り絞って打ち明けるうちに、大きな塊がこみあげてきてサラの喉をふさいだ。「お願い、ニック、どうか……」

サラの目が涙でうるむのを見て、ニックはもう耐えられなくなった。遠ざけることがサラの幸せになるなどということがあるものか。彼女にとっても、僕にとっても。こんなサラを見ていると、胸が張り裂けそうだ。

「泣かないでくれ」ニックはバスタブのそばに膝をついた。「頼むから、泣かないでくれ」

「ごめんなさい」サラはしゃくりあげた。「ただ、私は……あまりにあなたを愛しすぎて」

ニックはいとしいサラの顔を両手で包みこんだ。

「僕も愛しているよ、スウィートハート」

サラは息をのんだ。

「さっき君を失ったと思ったとき、悟ったんだ。僕は君を愛している。そして、君と結婚したい」

サラは雷で打たれたような衝撃を覚えた。「そんなこと……信じられないわ。本気で言っているとは思えない。だって、あなたはいつも……」

「僕はただ、自分は君にはふさわしくないと思っていたんだ」

「ああ、ニック、そんなことがあるはずないのに」

「いいや、そうさ」ニックはなおも言った。「だが、君が僕を信じてくれるのなら、もう君を傷つけたりしないし、君や君のお父さんを裏切るようなまねはしないと誓うよ。愛するのは君だけだ。一生君を愛し、守っていく。もちろん、僕たちの子どもも」

サラは目を見開いた。「子どもを持ってもいいというの？」

「君の子どもならね、スウィートハート。僕がだめな父親でも、君がそれを帳消しにするくらいすばらしい母親になってくれるだろうから」

「そんな……そんな喜ばせるようなことを言わないで」サラは泣きだした。

「なぜだい？　僕は心の底から言っているんだよ」

涙にあふれる目でサラはニックの目を探るように見た。「本気なのね？」

「ああ、本気だとも」

「なんて言ったらいいかわからないわ」

「まずは結婚すると言ってくれ」

「ええ、あなたと結婚するわ」

ニックにキスをされ、サラはほほ笑んだ。

「思っていたとおりで、うれしいわ」サラが言う。

「何が？」ニックはいぶかしげに尋ねた。

「ヒロインは絶対に死なないということ」

エピローグ

「おかしいと思われないかしらね？」フローラが言った。「花嫁の付添人が六十一歳のおばあちゃんだなんて」

「人がどう思おうとかまわないわ」サラは家政婦を勇気づけた。「それに、あなたはとてもすてきよ」

確かにフローラはきれいになった。数週間の食事療法と運動のおかげで、見違えるようだ。髪も金色になり、十歳は若く見えた。

「花嫁ほどじゃありませんよ」フローラは温かな笑みを返した。「あなたとニックが結婚するなんて、こんなにうれしいことはありませんよ。理想的なカップルというものがあるとしたら、あなたたちのことね。レイも生きていたら、さぞ喜んだでしょう。おなかの赤ちゃんのことも」

「そうね」サラは幸せいっぱいの笑みを満面にたたえた。

あのハッピーアイランドでの劇的な夜の翌朝、サラはピルをのみ忘れ、そして身ごもったのだ。ニックがどんな反応を示すかわからず、サラは少し怖かったが、思いきって打ち明けると、彼は大喜びしてくれた。

そして今、妊娠四カ月のサラは、おなかの子どもの父親であり、彼女がただひとり愛した男性と結婚しようとしていた。

ただし、もう莫大《ばくだい》な遺産を受け継ぐ身ではなくなった。二十五歳の誕生日の前日、相続の件についてニックと話し合い、彼が以前にレイはそうするべきだったと言ったとおりにした。つまり、全財産をさまざまな慈善団体に寄付したのだ。

もちろん無一文になったわけではない。時価二千万ドルものゴールドマインはまだ彼女のものだ。売るつもりなど毛頭ないが。

それに『奥地の花嫁』の著作権使用料も入ってくる。続編の『奥地に帰れ』が世界じゅうで大成功を収め、第一作も再公開されたのだ。涙なしには見られないエンディングは、ニックの読みどおり多くの人々の気持ちをしっかりとつかんだ。

家計の担い手はやはりニックとなるだろう。家族のためとなれば一生懸命働き続けようという気にもなるし、生きがいも感じられるはずだ。しかしサラは、ニックが自信に満ちあふれているように見えても、心の隅では愛情に飢えた子ども時代の苦しみを抱えていることを肝に銘じていた。自らの愛で、つねに夫を癒《いや》してあげなくてはならない、と。

そのとき、大きなノックの音に、聞き慣れた声が続いた。

「そろそろ花嫁さんが入場する時刻だよ。花婿に気をもませては酷だ」

サラは笑顔でドアを開けた。

「わお」デレクが上から下へと彼女の全身に視線を走らせ、歓声をあげた。「こういうときは、自分がゲイでなければいいのにと思うよ」

「まあ、ご冗談を」フローラが顔をほころばせながら言った。

今ではデレクはゴールドマインの常連となり、ニックも彼を歓迎するようになっていた。サラから結婚式の父親役を頼まれたデレクは感激し、大いに喜んだ。

「さあ、お嬢さん方」デレクがさっと花嫁と腕を組んだ。「ショータイムの始まりだ！」

「これはたまげた！」

優雅に着飾った金髪の女性がファミリールームに

しずしずと入ってくるのを見て、ニックの隣に立つジムが叫んだ。

「あれが私のフローラかい？」

「もちろん」ニックは自分の付添人に言った。しかし彼の目はすぐに、フローラのあとから入ってくるまばゆいばかりに輝く花嫁に吸い寄せられた。天使のような笑みを浮かべて歩いてくるサラを見て、胸がつまりそうになる。まごうことなき愛と信頼の笑顔だ。その愛と信頼が彼の魂を癒し、深い闇《やみ》から光の当たる場所へといざなってくれたのだ。

　ニックはいまだに、結婚して子どもを持つことに幸せを感じている自分が信じられないときがある。しかしサラがそばにいてくれたら、どんなことでもできそうな気がした。

「最高に美しいよ」ニックは小声で言って彼女の手を取り、司祭のほうを向いた。

「あなたも」サラがささやき返す。

「レイがいたら、さぞかし娘を誇らしく思うだろうね」

サラはニックの手をぎゅっと握りしめた。

「父はきっと、あなたのことも誇りに思っているわ。誰よりも大切なあなた」

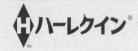

ハーレクイン・ロマンス　2008年12月刊（R-2346）

禁じられた恋人
2024年4月5日発行

著　　者　ミランダ・リー
訳　　者　山田理香（やまだ　りか）

発 行 人　鈴木幸辰
発 行 所　株式会社ハーパーコリンズ・ジャパン
東京都千代田区大手町 1-5-1
電話 04-2951-2000（注文）
0570-008091（読者ｻｰﾋﾞｽ係）

印刷・製本　大日本印刷株式会社
東京都新宿区市谷加賀町 1-1-1

ISBN978-4-596-53795-9 C0297

ハーレクイン・シリーズ 4月5日刊 発売中

ハーレクイン・ロマンス

愛の激しさを知る

星影の大富豪との夢一夜	キム・ローレンス／岬　一花 訳	R-3861
家なきウエイトレスの純情 《純潔のシンデレラ》	ハイディ・ライス／雪美月志音 訳	R-3862
プリンスの甘い罠 《伝説の名作選》	ルーシー・モンロー／青海まこ 訳	R-3863
禁じられた恋人 《伝説の名作選》	ミランダ・リー／山田理香 訳	R-3864

ハーレクイン・イマージュ

ピュアな思いに満たされる

億万長者の知らぬ間の幼子	ピッパ・ロスコー／中野　恵 訳	I-2797
イタリア大富豪と日陰の妹 《至福の名作選》	レベッカ・ウインターズ／大谷真理子 訳	I-2798

ハーレクイン・マスターピース

世界に愛された作家たち
～永久不滅の銘作コレクション～

思いがけない婚約 《特選ペニー・ジョーダン》	ペニー・ジョーダン／春野ひろこ 訳	MP-91

ハーレクイン・ヒストリカル・スペシャル

華やかなりし時代へ誘う

伯爵と灰かぶり花嫁の恋	エレノア・ウェブスター／藤倉詩音 訳	PHS-324
薔薇のレディと醜聞	キャロル・モーティマー／古沢絵里 訳	PHS-325

ハーレクイン・プレゼンツ作家シリーズ別冊

魅惑のテーマが光る
極上セレクション

愛は命がけ	リンダ・ハワード／霜月　桂 訳	PB-382

※予告なく発売日・刊行タイトルが変更になる場合がございます。ご了承ください。

4月2日発売　ハーレクイン・シリーズ 4月20日刊

ハーレクイン・ロマンス　愛の激しさを知る

傲慢富豪の父親修行　ジュリア・ジェイムズ／悠木美桜 訳　R-3865

五日間で宿った永遠《純潔のシンデレラ》　アニー・ウエスト／上田なつき 訳　R-3866

君を取り戻すまで《伝説の名作選》　ジャクリーン・バード／三好陽子 訳　R-3867

ギリシア海運王の隠された双子《伝説の名作選》　ペニー・ジョーダン／柿原日出子 訳　R-3868

ハーレクイン・イマージュ　ピュアな思いに満たされる

瞳の中の切望《至福の名作選》　ジェニファー・テイラー／山本瑠美子 訳　I-2799

ギリシア富豪と契約妻の約束　ケイト・ヒューイット／堺谷ますみ 訳　I-2800

ハーレクイン・マスターピース　世界に愛された作家たち　～永久不滅の銘作コレクション～

いくたびも夢の途中で《ベティ・ニールズ・コレクション》　ベティ・ニールズ／細郷妙子 訳　MP-92

ハーレクイン・プレゼンツ作家シリーズ別冊　魅惑のテーマが光る極上セレクション

熱い闇　リンダ・ハワード／上村悦子 訳　PB-383

ハーレクイン・スペシャル・アンソロジー　小さな愛のドラマを花束にして…

甘く、切なく、じれったく《スター作家傑作選》　ダイアナ・パーマー 他／松村和紀子 訳　HPA-57

文庫サイズ作品のご案内

◆ハーレクイン文庫・・・・・・・・・・・・毎月1日刊行

◆ハーレクインSP文庫・・・・・・・・・・毎月15日刊行

◆mirabooks・・・・・・・・・・・・・・・・毎月15日刊行

※文庫コーナーでお求めください。